El príncipe y la plebeya

Trish Morey

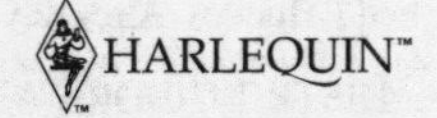

Editado por HARLEQUIN IBÉRICA, S.A.
Núñez de Balboa, 56
28001 Madrid

EL PRÍNCIPE Y LA PLEBEYA, N.º 1978 - 3.2.10
Título original: Forced Wife, Royal Love-Child
Publicada originalmente por Mills & Boon®, Ltd., Londres.

I.S.B.N.: 978-84-671-7800-5
Depósito legal: B-46623-2009
Editor responsable: Luis Pugni
Preimpresión y fotomecánica: M.T. Color & Diseño, S.L.
C/ Colquide, 6 portal 2 - 3º H. 28230 Las Rozas (Madrid)
Impresión y encuadernación: LITOGRAFÍA ROSÉS, S.A.
C/ Energía, 11. 08850 Gavá (Barcelona)
Fecha impresion para Argentina: 2.8.10
Distribuidor exclusivo para España: LOGISTA
Distribuidor para México: CODIPLYRSA
Distribuidores para Argentina: interior, BERTRAN, S.A.C. Vélez Sársfield, 1950. Cap. Fed./ Buenos Aires y Gran Buenos Aires, VACCARO SÁNCHEZ y Cía, S.A.
Distribuidor para Chile: DISTRIBUIDORA ALFA, S.A.

Capítulo 1

EL SEXO fue bueno.

Sorprendentemente bueno.

Con un gruñido, Rafe se rindió a lo inevitable y estrechó el cuerpo de ella, aspirando profundamente el adormilado aroma de su piel, deleitándose con el olor mezclado de la pasión y el perfume femenino; e, inmediatamente, sintió una nueva oleada de deseo. Apenas había dormido, pero ya quería poseerla otra vez y no estaba dispuesto a desperdiciar ni un minuto de su primera noche juntos. Sobre todo, teniendo en cuenta que le había llevado casi una semana acostarse con ella.

No recordaba la última vez que eso le había ocurrido.

A través de las finas cortinas de su apartamento, las luces de París aún brillaban, a pesar de la suave luz del amanecer. Puso los labios en la garganta de ella y, al instante, se vio recompensado por un gemido de placer. Sonrió.

Ella se despertó entonces y se volvió hacia él con un suspiro.

Rafe se colocó encima, acoplándose entre sus piernas. Habían desperdiciado una semana. No iba a desperdiciar ni un segundo más.

Bajó la cabeza y capturó con los labios un maduro pezón, lo chupó y lo acarició con la lengua. Ella se arqueó bajo su cuerpo, gimió y enterró los dedos en sus cabellos.

Le encantaban esos senos, le encantaban su forma y su textura. Le encantaba hacer que esos pezones se irguieran. No lograba saciarse de ese olor a mujer, sal y sexo. Y cuando ella alzó las caderas, buscándolo, no encontró sentido a esperar más.

Incorporándose ligeramente, agarró una envoltura de encima de la mesilla de noche y lo abrió con los dientes.

–Déjame a mí –dijo ella con voz ronca y el deseo reflejado en sus ojos castaños.

Él sonrió cuando ella le quitó el condón y, casi con reverencia, se lo colocó. Alzó los ojos al techo al sentir el delicado roce de los dedos de esa mujer que la noche anterior se había mostrado tan nerviosa respecto al sexo. Las próximas semanas prometían ser extraordinarias.

Agonizando ya, él le agarró una mano, concluyó la tarea y, aplastándola contra el colchón, se adentró profundamente en ella.

La fusión de sus cuerpos le dejó sin pensamiento consciente…

El sexo con esa mujer era perfecto.

Esa imagen en el espejo no podía ser la suya. Sienna Wainwright se quedó inmóvil. La desconocida tenía los ojos desmesuradamente abiertos, a pesar de la falta de sueño, los labios hinchados y enrojecidos; y sus cabellos, normalmente recogidos y bien peinados, estaban revueltos. Su aspecto era lascivo y estaba a un millón de kilómetros de donde debía estar.

¡De donde había estado!

Hasta la noche anterior. Hasta que sus defensas se derrumbaron.

Cerró los ojos con fuerza y respiró profundamente, su respiración más dificultosa con el recuerdo de la maravillosa noche de amor.

Rafe Lombardi, experto en finanzas a nivel internacional y multimillonario, lo que no era de extrañar, dada su habilidad para darle la vuelta a negocios a punto de naufragar y convertirlos en empresas de éxito mundial. El soltero más deseado e inalcanzable de la tierra, según los rumores de los medios de comunicación. Un rompecorazones.

Y era por eso precisamente por lo que había querido mantener la distancia. No pertenecía al mundo de Rafe, ni económica, ni social ni sexualmente. Hasta ahora, su experiencia con los hombres había sido muy limitada y decepcionante.

Por el contrario, Rafe Lombardi se desenvolvía en los círculos de la alta sociedad: entre banqueros, hombres de negocios y mujeres de exquisita belleza que se aferraban a ellos como accesorios. ¿Qué podía ver un hombre así en una mujer que trabajaba para ganarse la vida?

Por eso Sienna había hecho lo posible por resistirse a él, pensando que Rafe acabaría por perder el interés en ella.

Pero no había sido así. En vez de abandonar la caza, Rafe la había seguido con una dedicación que la había aterrorizado y encantado simultáneamente.

Evidentemente, Rafe Lombardi era un hombre acostumbrado a salirse con la suya.

Sienna abrió el grifo de la ducha y cerró los ojos mientras dejaba que el agua le acariciase la piel en la que Rafe, recientemente, había ejercido su magia, y había prometido volver a hacerlo al decirle que se reuniría con ella en la ducha.

Rafe y agua. Una mezcla mortal.

Involuntariamente, lanzó una queda carcajada. ¿Cuántas veces lo había rechazado durante los últimos días? Debía de haber estado loca. Porque, después de sólo una noche con él, cualquier mujer aceptaría lo que Rafe Lombardi quisiera ofrecerle, lo retendría todo lo posible y… al demonio con las consecuencias.

Además, ella había sufrido mucho durante los últimos meses con su traslado de vuelta a Europa, hasta encontrar una casa y un trabajo. Se merecía un poco de descanso y diversión.

Se enjabonó el cabello mientras pensaba qué diferenciaba a Rafe del resto de los hombres que había conocido. Desde luego, la altura, la morena piel y el espeso y ondulado cabello que le acariciaba el cuello de la camisa eran suficientes detalles para distinguirlo.

Pero se trataba de algo más. Rafe tenía confianza en sí mismo y se le notaba. E irradiaba poder.

Sienna tembló al recordar lo vulnerable que él la había hecho sentirse con sólo mirarla. Tenía la habilidad de hacer que una mujer se sintiera atractiva, el centro del universo… Y luego Rafe utilizaba esa habilidad para doblegarla en la cama.

Sienna alzó el rostro hacia la cabeza de la ducha. No, Rafe Lombardi no se parecía a ningún otro. Y era la clase de hombre del que cualquier mujer podía enamorarse con facilidad…

«¡Oh, no!».

Sienna cerró el grifo bruscamente y agarró una toalla, enfadada consigo misma por dar rienda suelta a su imaginación. Recordar los momentos de pasión con él era una cosa, pero imaginar un cuento de hadas con un final feliz que jamás se realizaría…

Vivir en París debía de habérsele subido a la cabeza. Acababa de conseguir el trabajo de su vida. No había nada malo en tener una aventura amorosa, pero eso era todo.

Sienna se envolvió en la toalla y, ahora que el agua de la ducha no corría, pudo oír el sonido de un canal de noticias en el televisor de la habitación. Rafe debía de haberla encendido para ver el informe del mercado de divisas internacionales antes de reunirse con ella en la ducha. Cosa que no había hecho.

Con el cabello envuelto en una toalla estilo turbante y cubierta con un albornoz que había encontrado colgando en un gancho de la puerta del baño, Sienna salió a la suite.

En la habitación había un carrito con café y desayuno, pero Rafe estaba de pie junto a la cama con un par de pantalones vaqueros con la cremallera subida, pero el botón de la cinturilla desabrochado, escuchando absorto las noticias en italiano.

Sienna se le acercó y, por primera vez desde que estaban juntos, Rafe no se volvió hacia ella ni le sonrió.

–¿Qué pasa? –le preguntó Sienna, incapaz de evitar ponerle una mano en la espalda–. ¿Qué ocurre?

–Sssss –pronunció él, silenciándola, apartándose de ella.

Sienna sintió su distanciamiento. Oyó un nombre, Montvelatte, que reconoció como un pequeño principado entre Francia e Italia, y vio un reportero delante de un palacio de ensueño iluminado en la oscuridad de la noche; después, una hilera de casinos famosos bordeando el puerto y una foto del anterior príncipe, Eduardo. El periodista continuó hablando en italiano y se vieron imágenes de un grupo de gendarmes acompañando al príncipe y a su hermano hasta unos coches que, después, se alejaron de allí.

Sienna frunció el ceño. Era evidente que había problemas en Montvelatte.

El periodista acabó su informe con un enfático:

–¡Montvelatte, *finito*!

Rafe apagó el televisor con el mando a distancia y se volvió de espaldas a ella y a la pantalla mesándose el cabello.

Sienna se quitó la toalla de la cabeza y comenzó a secarse el pelo.

–¿Qué ha pasado? –preguntó–. Me ha dado la impresión de que la policía ha arrestado a toda la familia real.

Rafe se dio la vuelta, su hermoso y duro rostro expresaba dolor.

–Se ha acabado –dijo en un tono que la dejó helada–. Se ha acabado.

Un inexplicable temor se apoderó de ella. Por fin, Rafe había reconocido su presencia, pero realmente no la estaba viendo.

–¿Qué es lo que se ha acabado? ¿Qué ha pasado?

–Justicia –respondió Rafe crípticamente.

Entonces, colocándose frente a ella, con el pecho desnudo tan cerca que le quitó la respiración, le arrebató la toalla de las manos y la tiró al suelo.

Sienna tembló. El pulso se le aceleró como siempre que él le prestaba toda su atención.

–Dime, ¿qué significa lo que has dicho? –preguntó en un susurro.

Rafe no respondió. En su lugar, lo que hizo fue desabrocharle el cinturón del albornoz y abrírselo. Ella sintió sus besos en la piel.

–Significa que te deseo –dijo Rafe mientras le acariciaba un pecho–. ¡Ahora mismo!

Su cuerpo estaba dispuesto para ello, se lo decían el hinchazón de los pechos y el pulso caliente entre sus muslos. Pero algo asomó a los ojos de él, y sintió parte del tormento que estaba padeciendo

Rafe, y el pánico se apoderó de ella al enfrentarse a la verdad: Rafe no la estaba viendo, no tenía verdadera consciencia de ella. Para él, ella se había convertido en un vehículo para aliviar la tensión a la que estaba sometido. De nuevo, se preguntó por qué parecía importarle tanto lo que ocurría en ese diminuto principado que, cuando aparecía en las noticias, era debido a los asuntos amorosos de sus príncipes, no a los intereses financieros que, normalmente, interesaban a Rafe.

Sienna le puso las manos en el pecho con el fin de apartarse de él.

–No creo que sea buena idea –le dijo, a pesar de que su cuerpo traicionaba sus palabras–. Además, tengo que ir a trabajar… o llegaré tarde.

–¡Pues llega tarde!

Rafe le puso una mano en la nuca y la atrajo hacia sí. Le capturó la boca y la besó con pasión. Rafe sabía a café y a deseo, un sabor que Sienna ya conocía. Pero ahora también sabía a otra cosa, a algo desencadenado por el reportaje que él había visto en televisión y que añadía furia contenida a su beso.

La boca de él se movió por su garganta y sus pechos al tiempo que, con las manos, le quitaba el albornoz para estrechar su cuerpo desnudo.

Sienna se rindió, sus sentidos llenos del sabor y el aroma de Rafe. Él le chupó los pechos y entonces oyó el sonido de la cremallera de los pantalones…

Una vorágine de sensaciones la embargaron y

amenazaron con consumirla. Rafe la levantó y le hizo rodearle la cintura con las piernas. Por fin, sintió el duro miembro de Rafe empujando… y ella lo absorbió.

Rafe lanzó un gruñido al llenarla, un sonido semejante al de un animal herido, y ella se aferró a él.

Se movieron a un ritmo acelerado, furioso, hasta que Sienna estalló. Entonces, Rafe la tumbó en la cama y se salió de ella, quedándose muy quieto, al borde del orgasmo. Con ojos turbios aún por la pasión, ella lo miró, vio agonía en su rostro y recibió su mensaje: era ya demasiado tarde. Entonces, con un último empellón, Rafe se hundió completamente en ella, liberando su tensión y haciéndola caer en el abismo una vez más.

La voz de Rafe, en un tono bajo y urgente hablando por teléfono, la despertó. Abrió los ojos, miró el reloj y, levantándose instantáneamente, fue al baño a vestirse.

Rafe apenas notó los movimientos de Sienna, su atención al cien por cien centrada en lo que su socio le estaba diciendo. Yannis Markides era una de las pocas personas en el mundo que conocían la identidad del padre de Rafe y que sabía mejor que nadie lo que significaba para él el reportaje que había visto en televisión.

–Tienes que marcharte –le dijo Yannis–. Es tu deber.

–Hablas como Sebastiano, que ya está en París

y, al parecer, de camino. Desde luego no ha perdido el tiempo y me ha localizado.

–Sebastiano tiene motivos para ello. Sin ti, Montvelatte dejará de existir. ¿Quieres ser el responsable de que eso ocurra?

–No soy el único. También está Marietta...

–Si cargas el peso de todo esto en los hombros de tu hermana pequeña perderás mi amistad para siempre. Además, sabes que, según la ley, el heredero tiene que ser un varón. Es tu deber, Raphael.

–Aunque fuera, no es seguro salvar el principado. La isla está en bancarrota. Ya has oído el reportaje: Carlo, Roberto y sus cómplices han saqueado la economía.

Se oyó una carcajada al otro lado de la línea telefónica.

–¿No es así como tú y yo nos ganamos la vida, salvando empresas en bancarrota?

–En ese caso, ve tú, si tanto te preocupa. A mí me gusta mi vida tal y como es.

Y era verdad. Había trabajado duramente para llegar a donde estaba y, sobre todo, se había demostrado a sí mismo que no necesitaba ser un miembro de la realeza para ser alguien.

–Pero no es cosa mía, Rafe. Tú eres el hijo. Sólo tú puedes hacer lo que hay que hacer –se hizo una pausa–. Además, ¿no crees que tu es lo que tu madre habría querido que hicieras?

Rafe debería haber visto venir el golpe bajo de Yannis. Se habían criado juntos y su amistad era más profunda que la relación que podía haber tenido con un hermano. Lo malo de eso era que Yannis conocía muy bien sus puntos débiles.

–De lo único de lo que me alegro es de que muriese antes de enterarse de que sus propios hijos fueron los que organizaron la muerte de él.

–No todos –lo corrigió Yannis–. Tú no.

Rafe lanzó una amarga carcajada.

–Eso es, yo, el hijo bastardo. El hijo al que él envió al exilio junto a su madre y a su hermana pequeña. ¿Por qué iba yo a querer salvar de la ruina a esa isla principado? Siento lo que le pasó y siento que sus propios hijos conspirasen contra él, pero... ¿por qué voy a querer yo encargarme del destrozo? Siento mucho lo que le pasó, pero no le debo nada.

–¿Que por qué tú? Porque la sangre de ese principado corre por tus venas. Es tu deber y un derecho tuyo, Rafe. Si no quieres hacerlo por tu padre, hazlo por tu madre.

Rafe sacudió la cabeza intentando aclarar sus ideas. Yannis lo conocía demasiado bien, sabía que no sentía ninguna lealtad por un padre que, para él, sólo había sido un nombre, alguien que le había despreciado y también a la mujer que lo había dado a ese hijo. Ni siquiera había sentido su muerte al enterarse de que no había sido un accidente. Era imposible sentir la pérdida de alguien a quien nunca se había tenido, y el príncipe Eduardo jamás había formado parte de su vida.

Pero su madre era diferente. Louisa había amado Montvelatte y había hablado incesantemente de sus aromáticos campos de naranjos, de sus viñedos y de las montañas salpicadas de olivos y flores silvestres que nunca más volvería a ver.

Louisa jamás había olvidado la pequeña isla que había sido su hogar durante veintiún años y de la que la habían exiliado durante el resto de su corta existencia.

Yannis tenía razón. Su madre siempre había soñado con regresar. No había ocurrido durante su vida, pero quizá él pudiera hacer que volviera en espíritu.

«¡*Merda*!».

Sienna salió del cuarto de baño lista para ir a trabajar y con el ceño fruncido. Habían hecho el amor rápidamente, con demasiada premura para pararse a pensar en protección. El riesgo a que se quedara embarazada era bajo, ya que pronto iba a tener la regla, pero no era imposible y ahora se arrepentía de haber dejado de tomar la píldora un mes atrás. En su momento, no había tenido sentido preocuparse por ello; y con todo lo demás que había estado ocurriendo en su vida, buscar un nuevo médico era lo último en lo que había pensado. Ahora, sentía no haberlo hecho.

Y a pesar de que iba a trabajar con retraso, no quería marcharse sin mencionar el tema a Rafe.

–Tenemos que hablar –le dijo, ahora que Rafe había colgado el teléfono, mientras recogía sus cosas y las metía en el bolso.

Sienna se volvió al ver que él no respondía. Rafe estaba sentado en la cama, de espaldas a ella, con las manos en la cabeza. Parecía tan desolado que casi no lo reconocía. Se le veía... vulnerable.

–¿Qué te pasa? –le preguntó, acercándosele, pero con miedo de tocarlo–. ¿Qué te ocurre? ¿Es por lo del reportaje de televisión sobre Montvelatte?

Rafe lanzó un suspiro y alzó el rostro, masajeándose las sienes.

–¿Qué es lo que sabes de esa isla? –le preguntó Rafe.

Sienna se encogió de hombros.

–Poco, como el resto de la gente. Sé que es una pequeña isla en el Mediterráneo, famosa por su belleza y por sus casinos, de los que depende su economía. Una meca para los turistas y los jugadores.

Rafe lanzó un gruñido antes de agarrarle las manos y besárselas.

–Y ahora resulta que también por sus gánsteres. Al parecer, a través de los casinos, han estado blanqueando dinero obtenido del tráfico de drogas desde que el príncipe Carlo se subió al trono hace cinco años.

El tiempo siguió corriendo y ella se lamentó en silencio. Tenía que ir a trabajar. Le había costado mucho conseguir trabajo en Sapphire Blue Charter, se lo debía a que hablaba francés y a tres extraordinarias referencias, a pesar de ser mujer y australiana; no obstante, estaba en periodo de prueba. Y con el retraso que llevaba, tendría suerte de tener aún trabajo cuando llegara al aeropuerto. Pero no podía dejarlo así.

–Sigo sin entenderlo. ¿Han arrestado al príncipe y a su hermano por blanqueo de dinero obtenido del tráfico de drogas? ¿No tienen primero que ver si son culpables en un juicio?

Rafe se levantó de la cama, y agarró una bata blanca y se la puso.

–No he dicho que los hayan arrestado por lo del blanqueo de dinero.

–Entonces, ¿por qué?

–Porque se los ha conectado con la muerte del príncipe anterior, su padre.

Durante un momento, Sienna guardó silencio mientras trataba de recordar lo poco que sabía de aquel principado.

–Pero... ¿el príncipe Eduardo no se ahogó? Según creo recordar, se cayó de su yate al mar y se ahogó.

–Las autoridades competentes acaban de descubrir nuevas pruebas. El príncipe Eduardo no se cayó del yate.

Súbitamente, la verdad la golpeó. ¿Habían matado a su propio padre? No era de extrañar que los noticiarios estuvieran hablando tanto de ello. Era más que un escándalo, era una monarquía en crisis, una pesadilla diplomática. Una pesadilla que, por algún motivo que ella desconocía, afectaba a Rafe.

–Sigo sin comprenderlo. Es horrible, pero... ¿por qué te importa tanto?

Sienna lo miró fijamente a los ojos y los vio llenos de pesar, tormento y sufrimiento. Pero entonces Rafe se apartó de ella y se dio cuenta de que lo que le había dicho era todo lo que iba a decir.

–Lo siento, Rafe, pero no tengo más remedio que marcharme ya.

Sienna se puso los zapatos y agarró su chaqueta.

–Hoy no salgo de trabajar hasta las seis. ¿Quieres que te llame cuando llegue a mi casa?

Esta vez, cuando él la miró, sus ojos eran cálidos y algo tristes.

–No –contestó Rafe–. Esta noche no puedo verte.

–Ah –Sienna tragó saliva y, desesperadamente, intentó ocultar su desilusión–. Mañana tengo mal horario, pero… ¿qué tal el miércoles?

Rafe sacudió la cabeza, abrió la puerta del armario y sacó una bolsa de viaje.

–No, el miércoles tampoco. Voy a estar fuera.

–¿Te marchas de París?

Rafe se volvió hacia ella; esta vez, su mirada era fría.

–Se ha acabado.

La desilusión se tornó en desesperación.

–¿Adónde vas?

–Fuera.

–No lo comprendo…

–¡Creía que tenías que ir a trabajar! –exclamó Rafe de espaldas a ella, sin molestarse en mirarla mientras sacaba cosas del armario.

Sienna sintió un profundo dolor. En otras circunstancias, ya se habría marchado. Pero ahora no podía hacerlo. No podía hacerlo después de la noche que habían compartido y cuando él le había prometido más.

–¿Tiene algo que ver con el reportaje de televisión? Porque, hasta entonces, parecías querer verme otra vez. ¿Por qué parece tan importante para ti lo que ha ocurrido en ese diminuta isla mediterránea?

Rafe dejó de sacar cosas del armario y se dio la vuelta.

–¿Que por qué es tan importante para mí? Ya has visto a ésos a los que han arrestado.

–¿Te refieres al príncipe Carlo y al príncipe Roberto? Sí, claro que los he visto. ¿Y qué? ¿Los conoces?

Una sombra cruzó la expresión de Rafe.

–Teníamos el mismo padre.

Entonces, el timbre sonó y él fue a abrir la puerta, añadiendo:

–Lo siento, pero tienes que marcharte.

Rafe abrió la puerta.

–Entra, Sebastiano –le dijo a un hombre enfundado en un traje. Al mismo tiempo, la hizo salir de allí sin despedirse siquiera.

La puerta se cerró tras ella, pero no antes de oírle decir al otro hombre:

–Príncipe Raphael, debe ir inmediatamente…

Capítulo 2

Seis semanas después

El helicóptero pasó el monte llamado la Pirámide de Iseo, bajando donde el acantilado se encontraba con el mar azul. Sobrevoló unos segundos antes de tocar suelo en la punta de aterrizaje para helicópteros.

Rafe observó el descenso y el aterrizaje, consciente de quienes iban dentro del aparato e irritado por la inoportuna visita.

–La condesa D'Angelo y su hija, Genevieve, han llegado, Alteza –anunció su *aide-de-camp*, apareciendo milagrosamente con su acostumbrada eficiencia.

–Ya me he dado cuenta –contestó Rafe burlonamente, sin dejar los papeles que estaba leyendo–. Creo que voy a tomar otra taza de café, Sebastiano.

Y notó el gesto disimulado de censura de Sebastiano antes de servirle el café. Bien, si Sebastiano estaba tan preocupado con encontrar una princesa adecuada para Montvelatte él mismo podía encargarse del recibimiento. Después de una media docena de posibles candidatas en diez días, había acabado harto. Además, tenía cosas más importantes que hacer, como solucionar la actual crisis financiera del principado. Quizá Montvelatte necesitara un heredero para asegurar su futuro, pero no habría ningún futuro si la crisis económica causada por sus medio hermanos no se solucionaba.

Sebastiano miró a Rafe con impaciencia mientras éste tomaba un sorbo de café.

–¿Y sus invitados, Excelencia? Su chófer está esperando.

Rafe dejó la taza en el plato y se recostó en el respaldo del asiento.

–¿No cree que ha llegado el momento de dejar esta tontería de ir a la caza de una esposa, Sebastiano? No creo que sea capaz de soportar otra cara joven y bonita acompañada de su ambiciosa madre.

–No me parece que se pueda calificar a Genevieve D'Angelo de ser una joven con cara bonita solamente. La reputación de su familia es impecable y son nobles desde hace cientos de años. Está perfectamente cualificada para desempeñar el papel de princesa de Montvelatte.

–¿Y de qué me sirve a mí que esté «perfectamente cualificada» si no la quiero?

–¿Cómo puede saber que no la quiere si aún no la conoce?

Rafe miró el rostro, mayor que el suyo, de Sebastiano. Ninguna otra persona se atrevería a mostrarse tan impertinente con él, pero Sebastiano llevaba cuarenta años a cargo de la administración del palacio y, aunque había sido dado de lado por sus hermanastros mientras robaban al país, Rafe estaba seguro de que si el principado no se había derrumbado ya era debido a Sebastiano. Sin embargo, eso no significaba que tuviera que gustarle lo que su empleado le había dicho.

–Hasta ahora, no he querido a ninguna.

Sebastiano lanzó un suspiro de desesperación.

–Ya hemos hablado de esto. Montvelatte necesita un heredero. ¿Cómo lo va a conseguir sin una esposa? Lo único que estamos haciendo es poner en marcha el proceso.

–¿Cómo? ¿Transformando la isla en una especie de telerrealidad?

Sebastiano dio por terminada la confrontación con una pequeña inclinación de cabeza.

–Informaré a la condesa y a su hija de que las recibirá en la biblioteca una vez que se haya aseado –sin esperar a una contestación, Sebastiano se retiró con la misma celeridad con la que se había presentado.

Rafe suspiró. Sabía que Sebastiano tenía razón, que el futuro de Montvelatte no estaba asegurado sin otra generación Lombardi y que nadie invertiría dinero en la reconstrucción financiera del principado sin garantía de su condición de principado en el futuro. Pero seguían sin gustarle las implicaciones.

En ese momento y por la ventana, Rafe vio el carro de golf, que se utilizaba para transporte de personas entre el punto de aterrizaje del helicóptero y el palacio, acercarse al helicóptero. Volvió la atención de nuevo a los papeles, no tenía interés en las visitantes.

No comprendía a esas mujeres tan dispuestas a pasearse delante de él con el fin de casarse con un perfecto desconocido por el solo hecho de conseguir el título de princesas.

Rafe volvió a mirar hacia la ventana justo en el momento en que Sebastiano ayudaba a las mujeres a subirse al carro de golf. Con otro suspiro, se acabó el café y recogió los papeles. Antes o después tendría que conocerlas, no le quedaba más remedio.

Lo mejor sería hacerlo cuanto antes. No obstante, tendría que hablar seriamente con Sebastiano para decirle que aquello no tenía sentido. Su sistema de conseguirle una princesa no podía asentar las bases para un matrimonio. Especialmente, el suyo.

El carro de golf, cargado, acababa de ponerse en marcha hacia el palacio cuando la puerta del helicóptero se abrió y el piloto, saltando, echó a correr detrás del vehículo con una pequeña maleta en la mano.

Fue entonces cuando Rafe sintió el golpe con toda su fuerza, se puso en pie de un salto y llegó a la barandilla de la terraza en un instante. Achicó los ojos para protegerse del sol. No podía ser…

Pero sí, el piloto era una mujer. La estrecha cintura, la curva de sus caderas y su pelirroja cabellera le resultaban dolorosamente familiares. Entonces, después de entregar la maleta, ella se volvió y una larga coleta se movió sobre sus hombros como si tuviera vida propia.

«¡Dios mío!».

Rafe corrió hacia el teléfono más próximo y dio su primera orden a la guardia del palacio:

–¡No dejen despegar al helicóptero!

Sienna respiró profundamente para calmarse, aliviada de que Rafe no hubiera ido a buscar a sus invitadas. Cerró la puerta del helicóptero y se puso los cascos.

El príncipe Raphael. ¡Se había acostado con un príncipe! Pero, en su momento, no lo sabía. Nadie lo había sabido. La noticia de que Montvelatte había encontrado un nuevo príncipe había salido a la luz unos días después de que Rafe, prácticamente, la echara de su habitación.

Desde entonces, todos los medios de comunicación habían dedicado tiempo y esfuerzo en descubrir la historia de la joven niñera a quien el antiguo príncipe había convertido en su amante para luego enviarla al exilio embarazada y ya con un hijo. Y tanto los periódicos como la televisión seguían hablando de la ceremonia de coronación.

Y Sienna había visto el rostro de Rafe en todas partes, por lo que no había podido olvidarlo.

¡Era un príncipe!

Ahora no le extrañaba que, de repente, no hubiera querido verla más. Debía de haberse dado cuenta de lo que esa noticia que vio en televisión significaba para él. Y un príncipe no podía perder el tiempo con mujeres como ella.

¿Y por qué iba a ser lo contrario, cuando Rafe

podía elegir entre las mujeres más bellas e inteligentes? Durante los últimos días, había habido un flujo constante de mujeres yendo a la isla. Por supuesto, habían sido muy discretos al respecto; pero ella sabía, por experiencia, que Rafe era un hombre de gran apetito...

Las bilis se le subieron a la garganta. Cuanto antes se marchara de esa isla menos riesgo de tropezarse con el hombre que, sin contemplaciones, la había echado de su vida.

Sienna oyó el rugido de otro motor y una bocina; al volver la cabeza, vio un jeep acercarse y pararse en el punto de despegue del helicóptero. Sus nervios aumentaron cuando cuatro hombres uniformados saltaron del jeep y, gesticulando, le indicaron que apagara el motor del helicóptero.

Su trabajo había consistido solamente en transportar a un par de personas. No era posible que se le hubiera olvidado rellenar algún papel.

Estaba a punto de abrir la puerta cuando uno de los hombres uniformados la abrió desde fuera. El oficial la saludó y dijo:

–¿*Signorina* Wainwright?

Sienna contuvo la respiración. ¿Sabían cómo se llamaba? Sacudió la cabeza y se quitó los cascos.

–Sí. ¿Algún problema?

–No, ninguno –contestó el oficial–. Por favor, baje del helicóptero.

El hombre, sonriendo, le ofreció la mano para ayudarla a bajar. Debía de tratarse de algún trámite burocrático del que nadie le había advertido.

Pero una vez fuera, él le dejó claro que esperaba que continuara andando. Hacia el jeep.

Sienna se paró.

–¿Qué es lo que pasa?

–El palacio está muy cerca –respondió el oficial.

Los ojos de Sienna se volvieron hacia el palacio, asentado encima de un enorme promontorio rocoso. Y en vez de admirar la belleza de aquel antiguo edificio de piedra con arqueadas ventanas y torres, lo vio como una fortaleza de la que, instintivamente, sabía que sería difícil escapar.

La fortaleza en la que estaba el hombre al que no quería volver a ver jamás.

No, no iba a ir allí de ninguna manera.

Sienna, aterrorizada, tragó saliva.

–Escuche, no tengo tiempo para ir al palacio. Tengo que volver a la base con el helicóptero. Me están esperando.

–Por favor –el oficial le indicó el jeep.

Haciendo acopio del poco valor que le quedaba, Sienna alzó la barbilla.

–¿Y si insisto en marcharme? ¿Y si me niego a ir con ustedes al palacio?

El oficial volvió a sonreír, pero esta vez su sonrisa tenía un cariz de amenaza.

–En ese caso, por desgracia, no nos quedaría más remedio que arrestarla.

Capítulo 3

SIENNA estaba harta. Llevaba casi tres horas en aquel salón sintiéndose como un león enjaulado.

Daba igual que el salón fuera del tamaño de un pequeño país y que los tapices que colgaban de las paredes, además de los candelabros y el exquisito mobiliario, fuera lo más bonito que había visto nunca. Tampoco le impresionaba la constante aparición de gente ofreciéndole comida y bebida.

Los oficiales que la habían llevado al palacio seguían ahí, al otro lado de la puerta, flanqueándola, dejando claro que no era una visita, sino una prisionera.

Y aunque al principio se había puesto muy nerviosa ante la perspectiva de volver a ver a Rafe, que debía de haber ordenado su detención, después de la larga espera tanto los nervios como la frustración se le habían quitado. Ahora, estaba furiosa.

Ninguna de las personas que habían ido al salón había podido decirle exactamente por qué estaba allí ni cuándo podría marcharse.

Tenía un helicóptero que debería haber llevado a la base hacía horas y nadie le había permitido acercarse a un teléfono con el fin de hacerle saber a su jefe que estaba detenida. Una inmensa angustia la invadió al darse cuenta de que podía perder su trabajo.

Fue entonces cuando oyó el motor de un helicóptero…

Corrió hacia una enorme ventana de arco, desde la que se veía el punto de despegue del helicóptero, y vio…

¡Su helicóptero!

–¡No! –gritó Sienna golpeando la ventana infructuosamente, consciente de que el piloto del aparato no podía verla allí.

Su furia se tornó incontenible.

Se acercó a una de las puertas del salón y, al encontrarla cerrada, como la otra que había probado a abrir anteriormente, empezó a golpearla con los puños y a gritar:

–¡Se han llevado mi helicóptero! ¡Déjenme salir de aquí!

Pero como ni sus gritos ni sus golpes surtieron efecto, empezó a maldecir en voz alta. ¿Por qué no la dejaban salir de allí?

–Sé que están ahí –gritó delante de la enorme puerta de madera, aún golpeándola–. Sé que pueden oírme. Exijo ver a Rafe. Ahora mismo. ¿Dónde está ese cobarde sinvergüenza?

–Aquí, en Montvelatte –dijo una voz, que conocía muy bien, a sus espaldas–, normalmente, me llaman príncipe Raphael o Alteza; desde luego, no me llaman «cobarde sinvergüenza».

Sienna, debatiéndose entre la furia y el pánico, se dio media vuelta y no pudo evitar el impacto que la presencia física de él tuvo en su psique. Había exigido verlo y, sin embargo, no había estado preparada para el impacto al que acababan de verse sometidos sus sentidos.

Él estaba ahí, a dos escasos metros de ella. Era el mismo Rafe que recordaba, pero más refinado, sus espesos cabellos ondulados más cortos y más peinados. Sin embargo, la contenida intensidad de su mirada le impresionó como siempre. Más aún.

Sienna tragó saliva y, en ese momento, pensó que la distancia entre los dos nunca había sido mayor ni más extrema. Rafe era ahora un príncipe y lo parecía.

Pero… ¿y qué? A ella no le importaba su título; sobre todo, teniendo en cuenta cómo la había tratado. Era poco menos que una prisionera. No estaba dispuesta a dejarse avasallar.

–Yo sólo he dicho lo que pienso –le espetó, negándose a disculparse por haberlo insultado.

Rafe empequeñeció los ojos y su expresión endureció.

–Ya lo he notado. Veo que no te ha gustado el retraso. Siento haberte hecho esperar tanto, pero unos asuntos me han retenido inevitablemente.

–¿Retenido? –Sienna sacudió la cabeza con incredulidad–. He sido yo quien ha estado retenida. Se me ha impedido marcharme con mi helicóptero y se me ha amenazado con arrestarme. Se me ha tenido prisionera y ahora, encima, me han robado el helicóptero…

–No te han robado el helicóptero.

–¡Ya no está aquí! Alguien se ha ido con él sin mi permiso. Yo llamo «robo» a eso.

–Lo han llevado de vuelta a la base. No eres la única que sabe pilotar un helicóptero.

–¿Y se supone que tengo que conformarme con esa explicación? Tenía que volver con ese helicóptero. En vez de eso, me han encerrado dentro de una cárcel a la que tú llamas palacio. Bien, pues estoy harta. Me marcho.

Sienna empezó a dirigirse hacia la puerta por la que él había entrado, figurando que estaría abierta, pero Rafe la detuvo sujetándole el brazo.

–No vas a ir a ninguna parte –dijo él en un intenso susurro.

Sienna bajó la mirada hacia la mano de él y luego a su rostro, y deseó no haberlo hecho. Los ojos de Rafe, llenos de pasión y deseo en el pasado, ahora parecían tan fríos que no pudo evitar un temblor.

–¿Y si no quiero quedarme aquí?

–Te quedarás.

–¿Por qué?

–Porque quiero que te quedes.

Sienna lo miró fijamente, tratando de descubrir en los ojos de Rafe el oculto significado de sus palabras, con la esperanza de que…

¿De qué? Enfadada consigo misma por albergar esperanza alguna, enderezó la espalda. Ése era el hombre que la había echado de su habitación y de su vida sin molestarse siquiera en despedirse. Jamás volvería a darle la oportunidad de hacerlo de nuevo.

–Eso a mí me da igual –Sienna tiró del brazo y se zafó de él–. Lo siento, pero yo me voy de aquí.

–No vas a irte –declaró Rafe, acabando con la paciencia de ella.

–¿Quién demonios te crees que eres? No tienes ningún derecho de decirme lo que puedo o no puedo hacer. ¿Acaso te crees el dueño del universo porque te han hecho príncipe? Pues deja que te diga que a mí tú no puedes ordenarme nada. No eres mi príncipe. ¡Yo no te he votado!

Se hizo un silencio tan espeso y pesado que Sienna temió que pudieran oírse los latidos de su corazón.

Estaba enfadada.

Furiosa.

No se trataba de nada más.

Y entonces, inesperadamente, Rafe echó la cabeza hacia atrás y lanzó una carcajada. Su risa, tan profunda, le dolió. Le dolió tanto que, aprovechando la situación y la distracción de él, decidió escapar.

Pero no llegó demasiado lejos.

–Sienna –dijo él, sujetándola por los hombros antes de hacerle darse la vuelta y acercarla a su cuerpo.

Tan cerca estaban, que a Sienna le pareció que la estancia empequeñecía por momentos, ahogándola. Tan cerca estaban que tuvo que cerrar los ojos para no ver la garganta desnuda de él, esa piel que tan íntimamente había conocido.

–Suéltame –protestó Sienna, retorciéndose entre los brazos de él–. ¡Y deja de reírte de mí!

–No estaba riéndome de ti –respondió Rafe con tal convicción que ella se vio obligada a quedarse quieta y se atrevió a abrir los ojos.

Y se encontró con una mirada tan intensa e insondable que la hizo estremecer. Le vio clavar los ojos en sus labios antes de tocarlos con las yemas de los dedos. Jadeó, entreabrió la boca y, cuando respiró, el aire estaba cargado del aroma de Rafe.

–¿Te haces idea del tiempo que hace que nadie se atreve a discutir conmigo?

Sienna vaciló debido al repentino cambio de atmósfera y a la electricidad generada por el contacto físico. Pero sólo durante un momento. Era consciente del encanto de ese hombre ¿acaso no había sucumbido a él? No podía permitirse el lujo de que Rafe volviera a aprovecharse de ella.

A pesar de todo, le costó un gran esfuerzo mantener sus defensas.

–¿Diez minutos? ¿Quince a lo sumo? Sorpréndeme.

La sonrisa de Rafe se agrandó, como si la respuesta de Sienna le hubiera gustado en vez de irritado.

–Aquí estoy, rodeado de consejeros, pero nadie se ha atrevido a llevarme la contraria desde la noche en que me dijeron que iba a convertirme en el regente de Montvelatte –Rafe la miró fijamente y, al retirarle un mechón de pelo que le caía sobre una ceja, la hizo temblar–. Es decir, hasta hoy, hasta el momento en que has vuelto a mi vida como una ráfaga de aire fresco.

Las palabras de Rafe le corrieron por las venas como un líquido lleno de promesas. Era así como la había seducido, diciéndole que era diferente, especial. Haciéndola sentirse especial.

«¡Y mira cómo acabó todo!».

La amargura le dio fuerza. Sacudió la cabeza y salió de los brazos de él.

–Comprendo que te moleste estar rodeado de psicópatas –le espetó ella–. Y ahora dime, ¿hay algún teléfono para que pueda llamar a mi jefe y pedirle que me saque de aquí inmediatamente?

Sienna miró a su alrededor en busca de un teléfono y, al no verlo, se dirigió disimuladamente hacia la puerta por la que él había entrado, con la esperanza de escapar.

–Está cerrada con llave –dijo Rafe a sus espaldas, adivinando sus intenciones.

Sienna no quería creer nada de lo que él dijera, pero eso sí lo creyó. ¿Por qué iba a permitirle escapar cuando la había mantenido cautiva tanto tiempo?

Volvió la cabeza, le lanzó una fría mirada y cambió de dirección, desviándose hacia las puertas de cristales que daban al exterior.

–No sé de qué estás hablando –mintió.

Con los brazos cruzados, Sienna se detuvo delante de las puertas acristaladas; al menos, había logrado distanciarse de él, pensó mientras fingía contemplar la vista del mar y los espectaculares acantilados que deberían haberla dejado anonadada.

Pero era el punto de aterrizaje del helicóptero lo que llamaba su atención y amenazaba con hacerla llorar. ¿Cómo iba a explicar lo que había ocurrido cuando volviera?

–¿Por qué tienes tantas ganas de marcharte? –a pesar de estar en el extremo opuesto de la estancia, la profunda voz de Rafe la llenaba como si no fuera más grande que una caja de zapatos–. Pensaba que podríamos pasar un tiempo juntos.

Sienna le lanzó una mirada burlona.

–¿Un tiempo juntos? ¿En posición horizontal?

Rafe arqueó las cejas al momento.

–No creía que tuvieras tanta prisa, pero si eso es lo que quieres…

Las mejillas de Sienna se encendieron y, rápidamente, volvió la cabeza hacia la puerta. ¿Cómo se le había ocurrido traicionar así sus pensamientos? La respuesta le vino al instante a la mente: porque sólo con mirar a ese hombre pensaba en horizontal, y lo mismo le ocurría a su deseo.

–Sólo tengo prisa por marcharme de aquí.

–¿No te apetece en absoluto reiniciar nuestra relación?

–¡Nunca hemos tenido una relación!

–¿No? En ese caso, ¿cómo lo llamas tú?

–Una aventura pasajera. Una noche de sexo. Y esa noche llegó a su fin hace mucho.

–¿Estás segura de que llegó a su fin?

En esta ocasión, fue Sienna quien se echó a reír.

–Fuiste tú quien dejó eso muy claro.

Sienna se volvió para ver la reacción de Rafe y,

de repente, lo encontró muy cerca. Se quedó perpleja por el silencio con que él había cerrado la distancia que los separaba mientras ella había mirado al exterior a través de los cristales.

Rafe, a sólo unos pasos de distancia, ladeó la cabeza y la miró fijamente.

–Estás enfadada conmigo porque te dejé plantada.

–¡En absoluto! –admitir eso sería admitir que le importaba–. Creo que los dos conseguimos lo que queríamos esa noche. Yo ya lo he superado.

–¿En serio? –Rafe se acercó más–. Lo dudo.

Sienna lanzó un bufido y volvió a mirar hacia la ventana.

–No digas tonterías.

–Creo que tienes miedo de lo que pueda pasar si te quedas.

–Estoy enfadada, eso es todo –Sienna alzó la barbilla con gesto desafiante–. Estoy enfadada porque crees que puedes imponer tu voluntad a todo el mundo.

–Y te habría gustado que todo hubiera sido diferente.

Sienna golpeó con los hombros algo duro y, al mirar a su alrededor, se encontró atrapada en un rincón de la estancia; su frustración aumentó por la verdad de las palabras de él y por su proximidad. Se pegó al rincón, agradeciendo la solidez de aquellos viejos muros.

–Dime, ¿tenéis teléfono en este palacio? Ya me he retrasado bastante. No quiero demorar más mi salida.

–Quédate –dijo él apoyando una mano en la pared, detrás de la cabeza de ella, demasiado cerca–. Cena conmigo esta noche.

Sienna sacudió la cabeza, deseando que ese movimiento también negara el intoxicante aroma de ese hombre.

–Ni hablar. Tengo que volver y lo sabes.

–Vuelve más tarde. Soy un príncipe solitario en un castillo. Apiádate de mí.

–¿Que me apiade de ti? –Sienna intentó reír otra vez, pero en esta ocasión sonó a falso. Entonces, concentró sus pensamientos en la carga que había transportado en el helicóptero–. ¿Qué me dices de tu señorita Genevieve? ¿No espera que cenes con ella? ¿O es que prefieres abandonar a tu último juguete con el fin de divertirte con una empleada?

Los ojos de Rafe adquirieron un brillo malicioso.

–¿Mi último juguete? Vaya, qué interesante.

–¿Qué quieres decir?

–Sólo que cualquiera que te oyera pensaría que estás celosa. ¿Y por qué ibas a tener celos de ella si no pensases que la señorita Genevieve tiene algo, o a alguien, que tú quieres?

–¡No seas tan engreído! En lo que a mí respecta, se puede quedar contigo.

Rafe suspiró.

–Estoy seguro de que a ella le encantaría oír lo que has dicho. Sin embargo, la señorita Genevieve ya se ha marchado, gracias al helicóptero que tan descuidadamente dejaste abandonado –Sienna abrió la boca para protestar, pero el breve roce de los dedos de Rafe en sus labios se lo impidieron–. Lo que significa que me encuentro sin nadie con quien cenar esta noche. ¿Me harías el honor?

La situación era surrealista. Al margen de lo que hubiera habido entre los dos, Rafe era ahora un príncipe pidiéndole a una plebeya que cenara con él.

A menos que simplemente estuviera desesperado…

–¿Así que Genevieve te ha rechazado y por eso te conformas con un segundo plato?

Rafe golpeó la pared con un puño antes de darse la vuelta y alejarse de Sienna. Cuando se dio la vuelta otra vez, sus ojos brillaban de furia.

–Esto no tiene nada que ver con Genevieve ni con nadie más. Esto es un asunto entre tú y yo.

–¿Por qué? –preguntó Sienna, consciente de su falta de respiración–. ¿Por qué yo?

Rafe volvió a acercarse, deteniéndose a escasos centímetros de ella antes de alzar una mano y acariciarle la mandíbula.

–Porque en el momento en que te vi salir del helicóptero me di cuenta de que te deseaba otra vez.

Jadeante, Sienna sintió una oleada de calor recorrerle el cuerpo. Las palabras de Rafe habían provocado una respuesta instantánea en sus senos, en su entrepierna… Y se dio cuenta, sin lugar a dudas, de que si no se marchaba de ahí pronto acabaría siendo, una vez más, víctima del sensual hechizo de ese hombre.

–Lo… lo siento –balbuceó–, pero tengo que irme.

–Eso es imposible –le dijo Rafe, envolviéndola con su voz aterciopelada–. Porque, como puedes ver –le indicó la ventana, desde la que se podía ver un catamarán alejándose de la isla–, ésa es la última embarcación que sale para Génova hoy. Y acabas de perderla.

Recibió las palabras de él como un jarro de agua fría.

–¡Tiene que haber otra forma de transporte para salir de aquí! ¿No hay un aeropuerto? ¿Alguna embarcación privada?

–Desgraciadamente, hoy no. Y como puedes ver, no tenemos un helicóptero…

–Esto es una locura. Apenas son las seis de la tarde. Debe de haber algo…

–Como te he dicho, hoy no. Esta noche no habrá luna y los habitantes de la isla son supersticiosos, nadie se arriesgaría a viajar cuando la Bestia de Iseo anda suelta.

–¿De qué demonios estás hablando?

–De la Bestia de Iseo. No me digas que no has oído hablar de ella –Rafe, por la ventana, señaló la enorme roca que se elevaba hacia el cielo a varios kilómetros de la isla–. La Pirámide de Iseo, los restos de la caldera de un viejo volcán, es su hogar. Según una antigua leyenda, la Bestia de Iseo sale en busca de viajeros las noches más oscuras. Es una leyenda muy bonita, ¿no te parece? Aunque signifique que te veas obligada a pasar la noche aquí.

Las palabras de Rafe la golpearon con fuerza. Estaba atrapada. Con él.

–No voy a quedarme aquí contigo. Mi jefe me está esperando. Voy a perder mi trabajo…

–Tu jefe conoce la situación y sabe que te vas a quedar. Además, no tienes alternativa. No podrías salir de la isla ni siquiera con mi ayuda.

–No tiene sentido. Se trata sólo de una leyenda. Es imposible que se cierre el transporte de la isla por dicha leyenda, no puedo creerlo.

–¿No eres supersticiosa, Sienna? ¿No crees en la Bestia?

–Sí, claro que creo en la Bestia de Iseo, la estoy viendo ahora mismo.

Rafe se echó a reír, dejando claro que se estaba divirtiendo.

–¡Sinvergüenza! Lo has planeado todo, ¿verdad? Me has hecho esperar durante horas porque sabías que, al final, no tendría alternativa y me vería obligada a quedarme en la isla.

Rafe se encogió de hombros.

–Me juzgas mal. No ha sido mi intención, ha sido simplemente el desgraciado resultado de que la madre de Genevieve se haya negado a aceptar un «no» como respuesta. Pero quizá eso, al final, haya sido una suerte.

Rafe hizo una inclinación y añadió:

–Y ya que no tienes elección, no te va a quedar más remedio que cenar conmigo esta noche.

Sienna sacudió la cabeza.

–No, gracias. De ninguna manera. Me iré a un

hotel. Me quedaré en la isla esta noche porque no me queda otro remedio, pero no voy a cenar contigo. Y menos después de lo que me has hecho.

Rafe alzó una ceja y la miró con ojos interrogantes.

–Lo único que he hecho es querer pasar más tiempo contigo.

–¿Sin consultarme? ¿Poniendo en peligro mi trabajo? No, gracias. Pasaré la noche en un hotel y me marcharé mañana.

–¿Tienes dinero para pagar el hotel? ¿Y también para el viaje de regreso? Montvelatte es sólo una isla, pero aquí no se regala la estancia a nadie –los ojos de Rafe repasaron su uniforme–. Tu vestimenta es muy práctica para volar, pero no veo dónde has podido guardar en ella las tarjetas de crédito.

Sienna se sintió profundamente humillada e ignoró la inevitable reacción de su cuerpo bajo el examen de los ojos de Rafe.

–Si fueras un caballero, me pagarías el viaje y la estancia en el hotel; sobre todo, teniendo en cuenta que te has deshecho de mi helicóptero sin mi permiso.

–Si fuera un caballero, no me habrías encontrado tan satisfactorio en la cama…

Los ojos de Rafe reflejaron su victoria, su boca la celebró con una sonrisa.

Sienna se dio media vuelta y apretó los dientes. Claro que Rafe no le iba a pagar el hotel ni el viaje de vuelta y, por supuesto, ella no tenía el monedero consigo. Lo único que llevaba encima era el carné de identidad, la llave de un cajetín y unos cuantos euros. Pero el monedero y las tarjetas de crédito estaban en la base, la base a la que debería haber regresado hacía horas.

¡Maldito Rafe!

–Por lo tanto y viendo todos los problemas que te he causado –continuó Rafe, tomando el silencio de ella como confirmación de sus sospechas–, creo mi deber ofrecerte una habitación aquí, en el palacio de Montvelatte. A pesar de su antigüedad, estoy seguro de que lo encontrarás muy cómodo.

Sienna le lanzó una mirada furiosa, consciente de que estaba a su merced, pero negándose a mostrarlo en su expresión.

–Y me iré de la isla mañana en el primer medio de transporte que encuentre –no fue una pregunta.

Rafe asintió.

–Si eso es lo que deseas…

Sienna vaciló. ¿Podía fiarse de él? ¿Se atrevía a hacerlo? Sin embargo, ¿tenía otra opción?

–En ese caso, me quedaré. Sólo por esta noche. Pero cenaré en mi habitación.

Los ojos de Rafe brillaron misteriosamente.

–Claro, por supuesto. Y ahora, deja que encuentre a alguien para que te acompañe a tu habitación. Supongo que agradecerás la oportunidad de asearte.

Sienna no agradeció que le recordaran su aspecto. Sin embargo, cruzó la habitación en pos de él, deseando salir de allí con el fin de poder escapar a su presencia.

«Es sólo por una noche», se dijo a sí misma. «Sólo una noche». Él tendría que dejarla marchar al día siguiente. Al día siguiente estaría libre.

Rafe alcanzó la puerta, giró el pomo y la abrió.

–Pasa, por favor.

Sienna se quedó helada. La puerta había estado abierta y los guardas de antes habían desaparecido.

Pero ella ni siquiera había intentado abrirla…

Capítulo 4

LA BAÑERA era profunda, el agua estaba caliente y las burbujas del gel reconfortaron su cuerpo y aliviaron su espíritu.

Sienna suspiró. Un paraíso. Para ser un palacio tan antiguo, la fontanería era extraordinariamente moderna, infinitamente más sofisticada que la de la «ducha» de su diminuto apartamento que justificaba que su casera le cobrara un dineral en el *Decimotercer Arrondissement*.

Casi una hora más tarde, mucho más relajada, salió de la bañera y se envolvió en una toalla, rodeada de mármol, oro y espejos. Al otro lado de la puerta, en la habitación, había una enorme cama con dosel, cortinas de encaje y finas sedas. Estaba deseando meterse en la cama. No había querido pasar la noche allí; sin embargo, ahora, no podía negar estar disfrutando tanto lujo.

Su estómago rugió y se dio cuenta de que estaba hambrienta.

En ese momento, oyó unos suaves golpes en la puerta exterior y abrió la del baño una rendija; al hacerlo, oyó a una mujer informarla en un inglés pasable de que la cena estaba servida.

–Gracias –respondió Sienna alzando la voz–. Saldré enseguida.

Después de secarse, se puso una bata de seda que había encontrado colgada de la puerta. Era una bata preciosa color verde jade y con bordados en hilo de oro que brillaban bajo la luz.

El tejido le cubrió el cuerpo como un beso sedoso, acariciándole los pezones, haciéndole recordar las mágicas caricias de Rafe…

Rafe.

Él le había dicho que la deseaba otra vez.

Sienna respiró profundamente.

No, Rafe no la deseaba en serio. No podía hacerlo. Rafe estaba acostumbrado a conseguir lo que quería y ella, en esos momentos, estaba a mano, eso era todo. Estaba disponible. Un hombre como él no dudaría en suponer que, después de la primera noche juntos, ella estaría dispuesta a volverse a acostar con él cuando a Rafe se le antojara.

Para volver a rechazarla.

Rafe sólo estaba jugando con ella, un depredador disfrutando con la caza.

La había obligado a quedarse allí sólo para continuar esa caza, porque sabía muy bien que cuanto más durara más probabilidades tendría de llevarla a su cama.

Sienna se ató con fuerza el cinturón de la bata. No iba a pensar en Rafe. La noche que habían pasado juntos formaba parte del pasado. Era historia.

Había empezado a peinarse con el fin de hacerse una coleta mientras tenía el pelo mojado y controlar así sus rizos naturales cuando le llegó hasta allí el aroma de la comida. El estómago volvió a rugirle y la hizo detenerse. Hacía horas que no comía, el pelo podía esperar.

Abandonó la idea de hacerse la coleta y abrió la puerta.

–Estás para comerte.

Sienna se paró en seco; entretanto, un súbito calor se le acumuló en la desnuda entrepierna.

–¿Qué haces aquí? –preguntó ella cruzándose de brazos a la altura del pecho.

Rafe le sonrió mientras agarraba unos platos de un carrito y los llevaba a la pequeña mesa delante de una ventana desde la que se veían unos acantilados y el mar. Una mesa con un mantel de encaje, un jarrón en medio y una vela encendida, a pesar de que aún había luz fuera.

Una mesa con servicio para dos.

–El cocinero ha preparado sus platos especiales. Le he dicho que le informaré personalmente de tu opinión sobre la cena.

–Y yo he preguntado que qué haces aquí.

Rafe la miró con expresión ingenua.

–He venido a cenar contigo.

–A pesar de que yo te he dicho que no iba a cenar contigo –la furia fue creciendo en ella. La relajación y tranquilidad que había conseguido empezaron a evaporarse al instante–. Te he dejado muy claro que no quería verte esta noche.

Rafe encogió los hombros, indicándole con ese

gesto que no le importaba lo más mínimo lo que ella pensara.

–No me ha parecido que hablaras en serio. Deberías saber que tienes un cuerpo muy expresivo y que… me estaba diciendo lo contrario.

Sintiendo calor en las mejillas, Sienna se volvió; de lo que se arrepintió rápidamente al sentir la caricia de la seda en su cuerpo desnudo, avivando sus sentidos.

–No tienes derecho a…

–¡Tengo todo el derecho del mundo! Éste es mi principado, mi isla, mi reino. Todo y todos son mis súbditos. Y eso, querida Sienna, tanto si te gusta como si no, te incluye a ti.

Sienna giró de nuevo, contenta de que Rafe hubiera enfurecido. La ira era la reacción que había deseado de él. Podía enfrentarse a la ira.

–Así que te has convertido en un déspota que viene aquí a por lo que quiere, ¿eh? Pues lo siento, pero conmigo no cuentes. No esperes que caiga a tus pies como un siervo leal feliz de que su señor haya requerido sus servicios.

Los ojos de Rafe brillaron peligrosamente y, durante un momento, Sienna temió haberse excedido. Si Rafe decidía poseerla por la fuerza, ¿quién iba a impedírselo? Estaba completamente sola en ese mundo ajeno a ella del que no comprendía sus leyes y donde él era dueño y señor de todo.

Pero Rafe no había sido su príncipe cuando lo conoció, sino sólo un hombre; y desde el momento en que la echó de su habitación sin contemplaciones, era un hombre al que no respetaba. Por lo tanto, no estaba dispuesta a seguir sus reglas del juego.

–No, no esperaba que fuera así de sencillo.

Sienna sacudió la cabeza.

–No voy a acostarme contigo –dijo en un ronco susurro.

–Eso ya lo veremos.

–Hablo en serio, Rafe.

–Si tú lo dices… En fin, ¿por qué no cenamos? ¿Tienes hambre, Sienna?

¿Estaba Rafe refiriéndose a la comida? Pensó que no era así… por el modo como la miraba.

Pero su estómago eligió ese preciso momento para pronunciarse. Sienta bajó los brazos a la altura del estómago, pero no consiguió calmar sus rugidos.

Rafe sonrió.

–Está claro que tienes una bestia que requiere alimento. Venga, siéntate.

Sienna tenía hambre, tanta que ni la presencia de Rafe logró quitársela. Pero, sólo con la bata, no iba a lograr sentirse lo suficientemente cómoda como para cenar. No, de ninguna manera.

–Yo… voy a vestirme antes.

Sienna se dio media vuelta con intención de ir a por su uniforme, que había dejado encima de la cama, pensando que ese atuendo lograría establecer una barrera mayor entre ellos dos que la fina seda.

Pero el uniforme no estaba en la cama. Confusa, miró a su alrededor. Abrió la puerta de un armario, pensando que quizá lo hubiera colgado allí alguien, pero estaba vacío.

–¿Algún problema? –preguntó él a sus espaldas.

–No encuentro mi uniforme.

–¿Para qué lo quieres?

–Lo he dejado en la cama, pero no está.

–Tienes una extraña habilidad para perder cosas. Primero, tu helicóptero; ahora, tu uniforme.

Sienna, sin dejarse engañar, giró sobre sus talones.

–Puede que te tomes esto a broma, pero a mí no me hace ninguna gracia.

–Te aseguro que no me lo tomo a broma –la expresión de Rafe la hizo temblar, su profunda voz reverberó dentro de su ser, y el brillo de sus ojos la dejó sin respiración–. Y para que lo sepas, tu uniforme está en buenas manos. Se lo han llevado para lavarlo, eso es todo. Te lo devolverán mañana por la mañana. ¿Te resulta un problema llevar ropa limpia?

¡Maldito hombre!

–El problema es que no estoy dispuesta a cenar contigo vestida solamente con una bata de seda. ¡Ése es el problema!

Rafe la devoró con los ojos.

–¿Nada más?

Sienna se maldijo a sí misma por su indiscreción, pero él no esperó a que le respondiera.

–Si te encuentras en desventaja, yo también me quitaré algo de ropa –Rafe empezó a desabrocharse la camisa.

Ella, decidida a no dejarle ver lo mucho que la perturbaba, echó la cabeza hacia atrás y dijo:

–No seas ridículo. No quería y no esperaba compañía. Lo que he querido decir es esta ropa no es adecuada para cenar.

–Todo lo contrario –Rafe, como un animal salvaje, la devoró con los ojos–, esa bata te sienta maravillosamente. ¿No te han dicho nunca que esos colores te van muy bien? Tienes una piel preciosa, como la porcelana fina; tan pálida que parece transparente.

El corazón le latió con tal fuerza que temió que Rafe pudiera oírlo. Los pezones se le habían endurecido y era imposible que él no lo notara.

Pero los ojos de Rafe permanecieron clavados en su rostro, en su mirada, antes de fijarse en sus labios, quitándole la respiración. Ella abrió la boca para aspirar aire y, de repente, el aroma de él la embriagó.

Rafe podía besarla. La idea surgió de lo más profundo de su mente, de algún lugar prohibido. Pero el camino era claro. Rafe podía besarla y ella aceptaría el beso; y luego, lo apartaría poniéndole las manos en el pecho antes de que las cosas llegaran demasiado lejos, antes de que Rafe se creyera con el derecho del que ya se creía poseedor.

Pero primero… «¡Oh, sí!». Primero un beso.

La atmósfera se hizo espesa mientras los labios de Rafe se acercaron a los suyos, mientras sentía sus dedos entre los cabellos, torturándola exquisitamente.

Y cuando alzó el rostro y lo miró, algo le dijo que Rafe pensaba que la tenía en sus manos, algo que le hizo recuperar la capacidad de razonar.

Y la razón le dijo que había estado engañándose

a sí misma. Porque si Rafa la besaba, ella no sería capaz de detenerse ahí. Si le ponía las manos en el pecho, no sería para apartarlo de sí, sino para gozar de la sensación de sus músculos bajo los dedos. Y un beso jamás sería suficiente.

–Tienes razón –dijo ella, apenas reconociendo su propia voz.

–¿Respecto a qué?

Sienna sonrió.

–Estoy muerta de hambre –se obligó a sí misma a darse la vuelta y, en contra de la voluntad de su cuerpo, se sentó en una silla–. ¿Qué hay para cenar?

Rafe, confuso por el cambio de ella, la vio apartarse. Unos segundos antes Sienna había estado dispuesta a que él la tomara. Unos segundos antes ninguno de los dos pensaba en la cena.

Sienna lo deseaba, sus labios entreabiertos y su respiración entrecortada lo habían indicado. Lo había deseado y seguía deseándolo, se le notaba en las enrojecidas mejillas y en la timidez de su mirada. Pero parecía decidida a no rendirse. Igual que la vez anterior, que se había hecho de rogar.

Pero, al igual que la vez anterior, Sienna capitularía. Y al igual que la vez anterior, valdría la pena la espera.

No le llevaría mucho tiempo. Le daba de plazo hasta después de la cena. Después, la convencería para que no se marchara en un tiempo. Una noche no había sido suficiente y tampoco creía que lo fuera esta vez. Además, después del frenesí de las últimas semanas, se merecía un descanso. ¿Y qué mejor forma de conseguirlo?

Rafe suspiró y, después de sentarse a la mesa, sacó una botella de la cubeta de hielo y fue a servirle una copa del vino local. Estaba anticipando las promesas de aquella noche. Necesitaba dejar de pensar en los problemas de los casinos, las finanzas y la recuperación de la confianza del resto del mundo en Montvelatte. Tenía que lograr que Sebastiano abandonara la caza de una esposa para él. Aunque sólo fuera durante un tiempo.

–No –Sienna alzó una mano–. No quiero vino, gracias.

Rafe alzó la botella para que ella pudiera ver la etiqueta.

–¿Estás segura? Es un reserva San Margarita Superior, el orgullo de la isla.

Pero Sienna estaba sacudiendo la cabeza; evidentemente, la prestigiosa etiqueta de fama mundial no le había impresionado.

Rafe se sirvió una copa del pálido líquido.

–¿Tienes miedo de que me emborrache e intente seducirte?

Por primera vez desde que se había sentado, ella lo miró directamente a los ojos.

–No, en absoluto. Lo que me preocupa es que tengo que pilotar un helicóptero mañana por la mañana; simplemente, soy profesional. Además, si mi precaución ayuda a impedir algo nada aconsejable, tanto mejor.

Rafe arqueó las cejas.

–¿Tan poco aconsejable sería eso que podrías hacer?

Sienna desdobló su servilleta y se la puso en el regazo.

–En mi opinión, sí.

–¿Aunque fuera muy placentero?

Sienna le volvió a clavar esos ojos color miel con una frialdad que sus enrojecidas mejillas traicionaban, y él volvió a recordar lo placentera que había sido la noche que pasaron juntos.

–Sería una equivocación –dijo ella en tono desafiante–. Y siempre que puedo, evito cometer el mismo error dos veces.

Rafe se resintió de la habilidad de Sienna de convertir su defensa en un ataque. Después de volver a meter la botella en la cubeta de hielo, resistió la tentación de decirle que no iba a ir a ninguna parte ni al día siguiente ni durante un tiempo; no lo haría hasta que él no terminara con ella.

Pero, como sabía muy bien, eso sólo reforzaría la resistencia de Sienna. Y no quería su resistencia. La quería cálida, voluntariosa y rogándole que la llenara. Y la quería esa noche.

Rafe forzó una sonrisa y levantó su copa a modo de brindis.

–En ese caso, nos aseguraremos de que no te sientas tentada a repetir los llamados errores del pasado. Por favor, empieza a comer.

Sienna comió, un plato tras otro de una maravillosa comida, a pesar de que su paladar apenas hizo justicia a los raviolis rellenos de marisco y los exquisitos calamares. Incluso desperdició la suculenta codorniz. Podía apreciar las texturas, pero no el sabor.

La presencia de Rafe se lo impidió.

Un hombre con el que se había acostado una vez.

Un hombre que le había dejado claro que quería volver a acostarse con ella.

Y, si era sincera consigo misma, un hombre que la tentaba más de lo que estaba dispuesta a admitir.

–¿A qué había venido hoy la señorita Genevieve? –preguntó ella mientras contemplaba el deslumbrante postre: frutos silvestres y nata entre capas de merengue formando una torre de color y delicias estivales rodeada de coulis de frambuesa.

Y realmente le molestó no poder hacer justicia al postre; sin embargo, la pregunta no había dejado de merodearle en la cabeza durante un tiempo, al igual que la repentina marcha de esa mujer. La joven se había mostrado muy animada durante el vuelo y, aunque no había hablado con ella personalmente, a juzgar por la conversación que había mantenido con su madre, se había mostrado encantada de ir a Montvelatte.

Sienna había hecho suposiciones respecto al motivo de la visita, pero ahora no estaba segura, dado lo súbito de la marcha.

–¿No tenía pensado quedarse más tiempo? –insistió.

Rafe se recostó en el respaldo del asiento y respiró profundamente.

–Había venido a una entrevista, eso es todo.

–¿De trabajo?

Rafe lanzó una burlona carcajada.

–Se podría llamar así. Mi consejero está obsesionado con encontrar una princesa para Montvelatte; lo que, desgraciadamente, implica encontrarme una esposa.

–¿Una esposa?

Sienna también respiró profundamente. ¿Rafe iba a casarse?

Debería haberlo adivinado. Las mujeres que habían ido a la isla durante las últimas semanas no lo habían hecho para satisfacer los apetitos sexuales de Rafe, sino para competir en la elección de una esposa para él.

Y eso, por extraño que fuera, no le animó.

–¿Es así como los príncipes de Montvelatte buscan una esposa? ¿Con entrevistas? Qué romántico –Sienna hizo lo posible por parecer divertida.

Rafe agarró su copa de vino, pero no se la llevó a los labios.

–El amor no forma parte de esta ecuación. Un Lombardi tiene que sentarse en el trono; de lo contrario, el principado pierde su derecho a existir. Todo esto no es sino una forma de asegurar de que ello no ocurra.

–Parece un melodrama.

–Es un hecho. El derecho de existir de Montvelatte se basa en la continuidad de la dinastía.

–Por eso eres tú el regente, ¿no?

–Al parecer, incluso los bastardos tienen su valor.

–Eso fue lo que pasó esa noche, cuando dieron la noticia por televisión de que habían detenido a tus medio hermanos, ¿verdad? Sabías lo que significaba, ¿no es cierto?

–Tuve el presentimiento de que iban a acudir a mí.

–Y te encantó la idea de ponerte al frente del principado y colocarte la corona.

Rafe se llevó la copa a los labios y, sin quitarle los ojos de encima a Sienna, bebió.

–¿Crees que quería esto? ¿Crees que quería que mi vida se convirtiera en propiedad pública?

–Parece gustarte mangonearme, encerrándome aquí en contra de mi voluntad y metiéndote en mi habitación a pesar de no ser bien recibido. Al parecer, es algo natural en ti dar órdenes.

Rafe la miró fijamente.

–Si tú lo dices…

–Y ahora necesitas una esposa para que te dé un heredero.

–Exactamente.

Sienna, con el tenedor, jugueteó con el postre.

–Así que, mientras entrevistas a esposas en potencia, estás cenando con una mujer con la que pasaste una noche y con quien quieres volver a acostarte.

–Así es.

Rafe necesitaba una esposa y, a la vez, quería alguien que le calentara la cama. Y ella encajaba en la segunda categoría.

Debería odiarlo.

Lo odiaba.

Y, sin embargo…

La mirada de Rafe la sometió a un calor intenso. El deseo se veía en sus ojos. La promesa de placer…

Recuerdos de la noche que habían pasado juntos acudieron a su mente, arrastrándola como una ola gigante. Lo que Rafe le había hecho con las manos y la boca… cómo la había hecho sentirse…

Y lo peor era que sabía que podía hacerle sentirlo otra vez.

¿Tan mala era la tentación? ¿Tan terrible era que su cuerpo anhelara una repetición de lo que Rafe le había dado, de su magia?

Se iba a marchar al día siguiente.

Podía gozar una noche más. ¿Qué de malo había en ello? Una noche más. Pero, esta vez, no habría sorpresas ni desilusiones. Esta vez él no la abandonaría. Esta vez sería ella quien lo dejara, quien tuviera el control. Lo dejaría a mereced de sus señoritas y sus princesas y condesas. Una de ellas se quedaría con él para siempre; pero ella podía tenerlo esa noche.

Quizá no fuera suficiente. Pero… ¿no sería esa noche una recompensa por las molestias que Rafe le había causado ese día?

Se merecía algo.

Rafe eligió ese momento para alargar la mano hacia ella.

–Ha llegado la hora.

Capítulo 5

VEN –dijo Rafe con una voz resonante que amenazó con acabar con sus defensas.

Los largos dedos de él se entrelazaron con los suyos, rodeando su mano, haciéndola levantarse de la silla y rozar la fuerza letal de su cuerpo.

–Rafe –dijo Sienna mientras él la rodeaba con sus brazos–. Ssss. No hables, no digas nada.

De todos modos, ella no podía hablar, sus sentidos estaban ocupados en absorber la sensación de su cuerpo pegado al suyo, haciendo que la seda le masajeara los pezones y los hinchados pechos.

Intoxicante.

Sus caricias eran como una droga y, cuando la besó, fue una promesa del éxtasis.

Sienna se derritió. La boca de Rafe se apoderó de la suya con pasión, anhelo y deseo, y ella quiso darle todo lo que tenía a cambio de que él le diera más de sí mismo.

Rafe paseó las manos por su espalda y sus nalgas, apretándola contra sí, contra la dureza de la evidencia de su deseo. Ella se apretó contra él aún más cuando los labios de Rafe abandonaron su boca para depositar diminutos y numerosos besos en su garganta. Sienna echó la cabeza hacia atrás y él se aprovechó, apartándole la seda para dejar al descubierto sus pechos.

Aquello era un sueño convertido en realidad. Era lo que había echado de menos durante las últimas semanas.

«Aprovéchalo al máximo», se dijo Sienna a sí misma. «Porque es todo lo que vas a recibir de él».

Cuando Rafe le puso una mano en el pecho, jadeó.

–Eres muy hermosa –murmuró él con voz ronca, acariciándole un pezón con los dedos antes de llevárselo a la boca.

Un exquisito e intenso placer se apoderó de ella y acabó acumulándose en su entrepierna. Se agarró a Rafe, consciente de que si no lo hacía las piernas no la sujetarían y caería al suelo.

Rafe volvió su atención al otro seno. Después de acariciarle la piel desnuda, Rafe se separó ligeramente de ella para mirarla con una intensidad que le asustó.

Sienna tembló. ¿Qué clase de hombre podía mirarla así y, con toda la tranquilidad del mundo, abandonarla y casarse con otra?

¿Y qué clase de mujer era ella que le permitía hacer eso?

Le había dicho que no se acostaría con él. Y, sin embargo, ahí estaba, prácticamente desnuda y casi rogándole que la poseyera. Se asemejaba a un perro pedigüeño que se conformaba con las pocas migajas que quisieran arrojarle.

¿Qué demonios le pasaba?

Sienna retiró las manos de los hombros de Rafe, se abrochó la bata y cruzó los brazos a la altura del pecho con firmeza. Temblaba y no podía evitarlo, su cuerpo protestaba de frustración.

Rafe ladeó la cabeza y frunció el ceño.

–¿Tienes frío, Sienna? –preguntó, enderezándose.

Ella sacudió la cabeza.

–Creo que debes marcharte. Esto no es una buena idea.

Los ojos de Rafe brillaron amenazadoramente.

–No pensabas eso hace un momento.

–Ya te había advertido que no iba a acostarme contigo. Lo siento, pero no he cambiado de parecer.

Rafe dio un paso hacia ella.

–¿A qué juegas? Es evidente que me deseas tanto como yo a ti.

–No, no es verdad. Y no creo que te importe en lo más mínimo lo que yo quiero. Lo único que quieres es sexo fácil.

–Eso no es verdad.

–¡Sí lo es! Cuando me viste llegar a la isla, decidiste que te ibas a acostar conmigo, sin importarte nada lo que yo pensaba; y sigue sin importarte. Te dije que quería marcharme de la isla y sigo queriéndolo. Y tú sigues sin hacerme caso, sigues pensando que puedes hacer lo que te venga en gana. Pues deja que te diga una cosa: tuviste tu oportunidad en París y la desperdiciaste.

Rafe se quedó inmóvil, sólo se le movió un músculo de la mandíbula.

–No pienses que haciéndote la dura vas a conseguir algo, porque me temo que la lista de Sebastiano con las princesas en potencia para Montvelatte ya está completa. Si quieres, puedes acostarte conmigo; pero, desde luego, no voy a rogarte.

Una fría furia se apoderó de ella.

–¿Crees que quiero casarme contigo? ¡Despierta! Me importa un bledo que seas un príncipe; por mí, como si eres la Bestia de Iseo. No me casaría contigo aunque fueras el único hombre en el mundo. Te dije que no iba a acostarme contigo y no voy a hacerlo. ¡Hazte a la idea!

El rostro de Rafe ensombreció con una ira que aterró a Sienna. Él era un príncipe. Aquélla era su tierra, su mundo, y ella le estaba imponiendo sus reglas. Debía de estar loca si pensaba que podría salir ilesa de allí. Sin embargo, nada justificaba el comportamiento de él.

¡Nada!

Rafe avanzó un paso más hacia ella y, lanzando chispas por los ojos, dijo:

–Como tú quieras.

El día era perfecto, el sol se había levantado por el horizonte con una promesa de calor. En el jardín, la piscina brillaba lanzando destellos azules que se mezclaban con el cielo.

Un día perfecto, en completo contraste con su humor.

Rafe, sentado en la terraza con una taza de café

en la mano, contempló el hermoso entorno. Sus planes de seducirla habían fracasado. Bien, se resignaría. Ella podía marcharse, no tenía gran importancia.

El helicóptero esperaba en la pista a su piloto, había llegado hacía media hora.

Rafe bebió un sorbo de café. Incluso el café le sabía amargo. Dejó la taza en el platillo bruscamente. ¿A qué estaba esperando? Ella se marchaba. No iba a darle la satisfacción de que lo viera observando su marcha.

Un ruido, un movimiento, lo hicieron volverse y la vio, de pie en el umbral de la puerta, mirándolo como un animal asustado.

Encontró consuelo en que el aspecto de ella semejaba su humor. Tenía la piel muy pálida y ojeras. ¿De qué tenía tanto miedo? ¿Acaso pensaba que él iba a insistir? ¡Ni hablar!

–Quería despedirme –dijo Sienna en voz apenas audible.

Rafe asintió.

–¿Has desayunado?

El rostro de Sienna pareció palidecer aún más, si eso era posible. Al mirarla más detenidamente, vio que estaba sujetándose al marco de la puerta, como si temiera caerse de no hacerlo.

Sienna sacudió la cabeza. Tenía los labios firmemente cerrados y el rostro tenso. Al parecer, ella había pasado peor noche que él. Estupendo. Pero al acercarse, notó un extraño tono gris en su rostro.

–¿No deberías comer algo antes de marcharte? Al menos, tómate una taza de café.

–Tengo que irme –respondió ella, apenas abriendo los labios–. Gracias por tu… Bueno, gracias.

Rafe volvió a asentir, decidido a que no le importara nada cómo se sentía Sienna.

–Le diré a Sebastiano que te acerque al helicóptero.

Sienna movió la cabeza y se volvió para marcharse, soltándose del marco de la puerta; pero la forma como se movió, el tropiezo, hizo que él acudiera a su lado al instante.

Fue a agarrarla y, después de sentir una momentánea resistencia, la sujetó cuando ella se desmayó.

–Sebastiano –gritó Rafe–. ¡Llame a un médico!

–Está descansando.

Rafe dejó de fingir falta de interés al oír la voz del médico.

–¿Está bien?

–Sí, está bien, pero le he aconsejado que se haga un examen antes de volver a su casa. Y, por supuesto, también le he dicho que no vuele mientras se encuentre así. Pero mejorará a lo largo del día. Los ataques de náuseas suelen darse por las mañanas.

A Rafe le dio un vuelco el corazón.

–¿Está embarazada?

–De seis a ocho semanas, me parece a mí –respondió el médico, ignorando las repercusiones de sus palabras–. Así que, si puede hacer algo por evitar que se estrese, le vendrá bien. Parece muy estresada.

El médico continuó su diagnóstico, pero Rafe

no oyó nada. Rebuscó en su memoria. Trató de recordar. De seis a ocho semanas. ¿Era posible?

Había utilizado un condón. No podía haber sido tan descuidado...

¡Sí, lo había sido!

Había sido descuidado.

Los detalles acudieron a su mente al instante. Había visto la noticia del arresto de sus medio hermanos y su participación en la muerte de su padre en el televisor. Y había enfurecido hasta el punto de casi perder la razón; por eso, no había vacilado en enterrarse por última vez en lo más profundo de la mujer que tenía más cerca.

¿Era posible que su momentánea pérdida de control hubiera resultado en un embarazo? ¿Era suyo?

Seis semanas. ¿Coincidencia o no?

De cualquier modo, no iba a permitir que Sienna se fuera sin descubrir la verdad.

El médico había acabado su informe.

–¿Puedo verla?

–Desde luego. Pero tenga cuidado; emocionalmente, está muy frágil.

Rafe lanzó un suspiro.

–Sí, lo comprendo.

Un momento después, Rafe estaba delante de la puerta de la habitación de Sienna. Su ira parecía haber cobrado vida.

Recordó la prisa de ella por escapar de la isla, su desesperación. La desesperación la había hecho llegar al extremo de arriesgarse a pilotar el helicóptero a pesar de estar en peligro de desmayarse en cualquier momento. Si eso no era síntoma de la culpabilidad de ella, no podía imaginar qué era.

Sienna no quería que él supiera que estaba embarazada.

Lo que sólo podía significar una cosa.

Era él quien la había dejado embarazada.

Se llenó los pulmones de aire y casi lanzó un grito por lo irónico de la situación.

Sebastiano había dedicado la mayor parte del tiempo a buscarle una hembra que le diera hijos.

Y todo ese tiempo él ya tenía un heredero.

Era un desastre, pensó Sienna recostada en la almohada, con lágrimas en los ojos, e incapaz de asimilar la noticia que el médico le había dado.

Después de decirle que no estaba enferma, le había anunciado que estaba embarazada y que lo único que le ocurría era el típico ataque de náusea matutino.

No, no le pasaba nada malo, sólo que su mundo se había vuelto del revés.

Y después de haberle preguntado en qué trabajaba, el médico le había aconsejado que pensara en dejar de volar durante algún tiempo. ¿Que no volase? Ése era su trabajo. Acababa de conseguir el trabajo de sus sueños. ¡Era su vida!

Pero estaba embarazada. Rafe la había dejado embarazada. Lo que era malo de por sí. Pero Rafe ya no era sólo un hombre.

Era un príncipe.

Sin conseguirlo, trató de contener las lágrimas. No podía ser. Y menos con él. Y menos ahora.

Rafe la había dejado embarazada, pero iba a casarse. Con la mujer adecuada. Con alguien digna de ser la princesa de Montvelatte.

Otra mujer.

No una plebeya procedente de una familia disfuncional que se había acostado con él una noche y se había quedado embarazada.

Perfecto, porque ella no quería casarse con un hombre sólo porque la hubiera dejado embarazada.

Sienna se sonó la nariz y se secó las lágrimas con un pañuelo de celulosa. Quedarse ahí llorando no iba a solucionar nada, tenía que sobreponerse y ponerse en movimiento. Retiró la ropa de la cama y se sentó. Respiró profundamente para contener la náusea antes de ponerse en pie.

Rafe había dejado muy claro que quería que se marchara de la isla, y eso era lo que iba a hacer. Además, lo último que él y Montvelatte necesitaban era el escándalo de un embarazo accidental con una mujer no apta. Por lo tanto, iba a vestirse y volvería a Génova en el helicóptero tan pronto como cesara el ataque de náuseas. Tan pronto como se recuperara del impacto de la noticia.

Lo que no significaba que no estuviera embarazada.

¿Cómo iba a recuperarse de eso?

En ese momento oyó unos golpes en la puerta antes de que se abriera, dando paso a la última persona a la que quería ver en esos momentos. El corazón le dio un vuelco al ver los ojos de Rafe clavados en ella con expresión inescrutable.

«¡Por favor, Dios mío, que el médico no se lo haya dicho!».

Sienna estaba vestida con una bata blanca ajustada a la altura de los pechos que le caía hasta los tobillos. Llevaba el cabello suelto y revuelto.

Parecía una virgen a punto de ser sacrificada.

Entonces, Rafe vio sus ojos enrojecidos, unos ojos que lo miraban con algo parecido a terror.

–¿Qué haces levantada?

–Iba a vestirme. Y tú, ¿por qué has entrado sin permiso? Si no te importa, vete para que pueda vestirme.

–¿No estabas mala?

–Ya me encuentro mucho mejor –respondió Sienna–. Lo siento, no sé qué me ha pasado. He debido de comer algo que… que me ha sentado mal.

Rafe tuvo ganas de gritar. Ella estaba intentando ocultar la verdad.

–¿Acaso estás acusando a mi cocinero de querer envenenarte?

–¡No! No he querido decir… –Sienna sacudió la cabeza–. Escucha, siento haberte causado tantas molestias; pero no te preocupes, ya me marcho. Y ahora, si no te importa…

Sienna le indicó la puerta, pero él no iba a marcharse. Se quedó quieto, a los pies de la cama, y apoyó una mano en uno de los postes del dosel.

–No, no te vas a marchar. No creo que sea conveniente.

Sienna se apartó de la cama rápidamente.

–Escucha, Rafe, ya hemos hablado de esto y estoy harta de que creas que puedes mangonearme. Anoche accediste a que me fuera hoy y la verdad es que estoy deseando hacerlo. Me iré tan pronto como me haya vestido.

Había recorrido la mitad de la distancia al cuarto de baño cuando él le dio alcance y, agarrándola de un brazo, la obligó a volverse.

–No embarazada de mí. No, así no te vas a ir.

Rafe la oyó jadear y olió su miedo.

–¿Qué estás diciendo?

Sienna seguía luchando, pero estaba aterrada.

–¿Por qué no me habías dicho que estabas embarazada?

–No sé por qué piensas que es asunto tuyo, pero considera la posibilidad de que quizá yo tampoco lo supiera.

–Mientes.

–¿Y si no fueras tú quien me ha dejado embarazada? ¿Has considerado esa posibilidad?

–¿Que después de acostarte conmigo te acostaste inmediatamente con otro? No, no lo creo.

–Me echaste. ¿Qué te importa a ti con quien me acueste?

–Me importa porque no te creo. Me lo has estado ocultando y sigues haciéndolo. He sido yo, ¿verdad? ¡Llevas a mi hijo en tu vientre!

Las náuseas se apoderaron de Sienna con violencia y… Rafe permaneció ahí, sujetándole el pelo ayudándola a vomitar en el baño.

Cuando acabó, su estómago se calmó. Sienna oyó el ruido del agua, sintió un trapo frío en el rostro y en la frente.

El médico se lo había dicho a Rafe. ¡Rafe sabía la verdad!

¿Qué iba a hacer ahora?

–Venga, vamos a llevarte a la cama –dijo él, ayudándola a levantarse y llevándola a la habitación.

Sienna fue con él sin resistirse, sin fuerzas, sin poder pensar.

–Lo siento –dijo cuando Rafe la acostó, consciente del error que los dos habían cometido y sin saber cómo arreglarlo–. Sé perfectamente que esto es un verdadero inconveniente para ti. Me marcharé. Te prometo que no se lo diré a nadie.

Las dudas de Rafe se desvanecieron.

–¡Así que es mío!

Sienna lo miró con dolor.

–No lo sabrá nadie. Te lo prometo.

–¡*Merda*! ¡Yo lo sabré! Y no estoy dispuesto a permitir que haya otro Lombardi bastardo. Sólo hay una solución.

–Te dejaré verlo si quieres, cuando quieras. No voy a negar a mi hijo que su padre lo vea cuando quiera.

–Me alegro de que lo comprendas. Y la mejor manera de conseguir que lo vea cuando quiera es… haciéndote mi esposa.

Capítulo 6

DE NO HABER estado tumbada, Sienna se habría caído al suelo. Se quedó sin aliento. No era posible que Rafe hablara en serio.

–Es una broma, ¿verdad? No existe razón alguna para que me case contigo.

–Es la única solución. Necesito una esposa y un heredero.

–Necesitas una princesa, no un piloto de helicóptero. Necesitas una mujer entre esa lista de mujeres con título.

–Pero tú tienes algo que ellas sólo pueden prometer darme. Tú ya has demostrado tu habilidad para concebir.

–Ni hablar. No voy a casarme contigo por el simple hecho de estar embarazada. De ninguna manera.

–No tienes que preocuparte por el asunto de la realeza. Te enseñarán nuestra lengua e historia.

–¡No me casaría contigo aunque no fueras príncipe! Un embarazo no es motivo suficiente para casarse. Jamás le haría eso a mi hijo.

–Pero dejarías que tu hijo se criara sin su padre, ¿eh? ¿Te parece eso más justo?

–No puedes obligarme a casarme contigo. Aunque tu padre dejó a tu madre embarazada, no se casó con ella.

–No le pareció que lo necesitara, ya tenía herederos. Mi hermana y yo le sobrábamos.

–Pero tu madre…

–¡Mi madre no tuvo elección! Le dieron una pensión vitalicia a condición de que no volviera nunca a Montvelatte, y jamás le dijo a nadie quién era el padre de sus hijos.

Sienna alzó la barbilla.

–Estoy dispuesta a hacer lo mismo que ella. Y gratis. No te costará nada.

Rafe negó con la cabeza.

–Te estás engañando a ti misma. Jamás permitiría que criaras a nuestro hijo en los umbrales de la pobreza.

–¡Tengo un trabajo!

–¿Por cuánto tiempo? ¿Cómo vas a volar con ataques de náusea como los de esta mañana? ¿Crees que van a seguir empleando a un piloto que podría desmayarse en cualquier momento? ¿Y quién demonios querría volar contigo?

–Tengo ahorros. Pediré una baja temporal. Las náuseas de por la mañana sólo duran un tiempo.

–Y cuando nazca el bebé, ¿cómo vas a cuidarlo y a trabajar al mismo tiempo?

–Como muchas mujeres en mi situación. Me las arreglaré.

–No con mi hijo. Arreglárselas, como tú dices, no es una alternativa válida. ¿Y cuánto tiempo crees que podrías mantener la identidad del bebé en secreto?

–Tu madre lo hizo.

–Sí, pero hace más de treinta años, cuando aún se respetaba la intimidad de las personas. En la actualidad, al menor rumor, los paparazzi aparecen por todas partes. ¿Cuánto tiempo crees que podrías ocultar la verdad?

–¡Te he dicho que no se lo diré a nadie y no lo haré!

–Y cuando yo me case y tenga una esposa y una familia, y de repente salte el escándalo por una indiscreción del médico o de su secretaria… ¿te daría igual humillar a mi esposa y a mi familia tras la noticia de que ya tengo un hijo? ¿Y cómo crees que se sentiría ese hijo cuando se enterase de que es el legítimo heredero de la corona de Montvelatte y que tú le has negado ese derecho?

–¿Por qué supones que es un niño y no una niña?

–Eso da igual. Niña o niño, le estarás negando el derecho a ocupar su lugar en la monarquía de Montvelatte.

–Sólo si se entera. ¿Y quién se lo va a decir?

Rafe puso las manos en la cama, a ambos lados de ella, y acercó el rostro al de Sienna. Su expresión estaba ensombrecida por la cólera.

–Yo se lo diré. No pienses que podrás negarme acceso a mi hijo simplemente porque prefieres ignorar quién es el padre. Yo no soy como mi padre, jamás abandonaré al hijo que he engendrado.

Sienna se lo quedó mirando y vio dolor en sus

ojos. Rafe debía de haber echado de menos no tener un padre en su vida. Había crecido en el exilio con su madre, rechazado por el padre que lo había engendrado.

Y tenía razón, ella jamás impediría que él tuviera contacto con su hijo. Y eso significaba que, tarde o temprano, acabaría descubriéndose la paternidad de la criatura.

En cuyo caso, ¿qué podía hacer ella?

Estaba confusa. Acababa de enterarse de que estaba embarazada y ahora Rafe le estaba exigiendo que se casara con él.

Una boda forzada, igual que le ocurrió a su madre. Aunque, en esta ocasión, no había un padre con una escopeta obligando a un hombre a que se casara con la hija a la que había dejado embarazada. Esta vez, era Rafe quien la amenazaba a ella.

¿Era por el bebé o, simplemente, porque le convenía?

En cualquier caso, su deseo de casarse con ella no tenía nada que ver con los sentimientos.

–No puedes obligarme a casarme contigo –dijo Sienna en tono casi suplicante.

–Es la única salida. Le diré a Sebastiano que comience con los preparativos.

¿Los preparativos? Rafe lo había dicho como si una boda real fuese como ir a la tienda de la esquina.

–¡No! Todavía no he dicho que esté de acuerdo. No puedes obligarme a casarme.

–No tienes elección.

–¡Claro que tengo elección! Me voy y no puedes impedirlo –Sienna fue a levantarse, pero él se lo impidió.

Entonces, súbitamente, Rafe le acarició el rostro y, con una voz que era una promesa más que una amenaza, le dijo:

–Si te marchas, te traeré de vuelta. Si te escondes, te encontraré. Sienna, deja de enfrentarte a lo inevitable. Vas a casarte conmigo. Vas a convertirte en mi esposa.

Sebastiano no estaba seguro. Recibió la noticia de la cancelación de las entrevistas a las posibles candidatas y la razón de ello como un hombre a punto de ser llevado al paredón.

–¿Está seguro de casarse con una mujer así, príncipe Raphael? El papel de princesa de Montvelatte es muy exigente. ¿Tiene esta mujer el conocimiento y las habilidades necesarias para desempeñar dicho papel?

–Supongo que tiene los mismos conocimientos y las mismas habilidades que tenía yo cuando me coronaron. Sin embargo, nadie cuestionó mi capacidad para desempeñar mi papel.

–Usted tiene sangre real, Alteza. Ésa es la diferencia.

–¡Y ella la tiene en su vientre!

Sebastiano carraspeó a modo de respuesta.

–¿Tiene algo que decir, Sebastiano?

–Sólo que, en mi opinión, sería aconsejable que nos aseguráramos antes de hacerlo público.

Rafe no tenía ninguna duda. Pero Sebastiano exigía hechos, y era mejor investigar antes de que alguna revista lo hiciera y revelara algo embarazoso.

–Ordene las pruebas necesarias, incluida la fecha del embarazo; entretanto, investigue el pasado de ella, sus antiguos novios y cualquier persona con la que haya estado en contacto durante las últimas ocho semanas.

Sebastiano asintió, mostrándose algo más satisfecho.

–Se hará inmediatamente.

Rafe lo vio marcharse y sintió cierto arrepentimiento por el hecho de tener que mostrarse tan cuidadoso, a pesar de que era consciente de que tenía que hacerse y también de que Sebastiano descubriría cualquier mal paso que Sienna Wainwright pudiera haber dado en su vida.

Sólo le cabía esperar que no hubiera nada que descubrir.

Sienna agarró el teléfono de la biblioteca y esperó a la señal de marcar con la esperanza de que, al contrario de lo que le pasaba al teléfono de su habitación, éste no estuviera conectado a la centralita del ama de llaves. Satisfecha, marcó el número de su jefe en Sapphire Blue Charters y esperó agonizante a que contestaran la llamada.

–¿*Oui*? –respondió la rugiente voz del propietario de Sapphire Blue.

Sienna respiró profundamente.

–*Monsieur Rocher, c'est moi, Sienna Wainwright. Je suis désolé…*

–¡*Bonjour, Sienna*!

Sienna escuchó con creciente sorpresa cómo los reproches que esperaba se tornaron en halagos al enterarse de que, al parecer, se había convertido en la piloto de Montvelatte temporalmente y con una remuneración tres veces superior a la normal, por lo que el señor Rocher la había nombrado empleada del mes.

–*Mais non…*

Pero el señor Rocher no le permitió interrumpir sus halagos. Le deseó buena suerte, le dio las gracias por su buen trabajo, se despidió de ella y cortó la comunicación.

–¿Puedo ayudarla en algo?

Sienna se volvió, aún sorprendida por la conversación telefónica, y encontró a Sebastiano en el umbral de la puerta con una expresión hosca. Rápidamente, colgó el teléfono.

–Yo… he llamado a mi jefe.

–Ya me he dado cuenta de ello. Y la llamada ha sido satisfactoria, ¿verdad?

–Me han nombrado empleada del mes.

Sebastiano hizo una burlona reverencia.

–Felicidades.

Sienna enderezó la espalda. No le extrañaba que

a Sebastiano le molestara su presencia; lo que no tenía nada de extrañar, dado que Rafe quería casarse con una mujer que no formaba parte de la nobleza. No le ofendía que Sebastiano la considerara inadecuada para desempeñar el papel de princesa de Montvelatte ni que dudara de sus motivos.

Sienna entrelazó los dedos de las manos y se acercó a Sebastiano un paso.

–Sebastiano, quizá sí pueda ayudarme.

Él la miró con expresión de sospecha.

–¿En qué?

–Podría ayudarme a salir de esta isla.

Sebastiano miró a su alrededor antes de cerrar la puerta tras sí.

–¿Con qué fin?

–Con el fin de que Rafe pueda casarse con una mujer más adecuada –Sienna vio un brillo en los ojos de aquel hombre que hizo vislumbrar su opinión al respecto.

–Pero usted está embarazada y el bebé es del príncipe Raphael, ¿no es así?

–Sí, pero eso no quita que no sea apta para casarme con él.

La expresión de Sebastiano continuó siendo cautelosa mientras parecía reflexionar. Por fin, sacudió la cabeza.

–Me temo no poder ayudarla. Y otra cosa, si quiere hacer más llamadas, creo que debe saber que se graban todas las llamadas desde el palacio por motivos de seguridad.

Sienna tembló.

–Gracias, Sebastiano. ¿Podría llamar a mi casera para un asunto con mi apartamento?

–Por supuesto. Pero debe saber también que ya se ha pagado su alquiler y sus objetos personales están en camino… con el fin de hacerle la estancia más cómoda.

–Gracias –respondió ella, permitiéndole a Sebastiano sacarla de la biblioteca y sintiéndose como si tuviera una soga al cuello.

Al día siguiente, bajo las parras que ensombrecían la terraza, Sienna estaba imaginando el día en que su madre descubrió que estaba embarazada y el consiguiente matrimonio forzado con su padre. ¿Había sentido también su madre el miedo que sentía ella de saber que una vida estaba creciendo en su vientre y las incertidumbres que ello acarreaba? ¿Le había asustado casarse con ese hombre o el amor había disipado esos temores?

Su madre había sido muy joven, dieciocho años, seis menos que los que ella tenía. Debía de haber sentido miedo, por mucho que pudiera haber querido a su padre. Y debía de haberse preguntado si el mujeriego padre de su bebé podría cambiar algún día.

–Vamos, tienes que hacerte la ecografía.

La voz de Rafe interrumpió sus pensamientos, haciéndola parpadear, alejándola del pasado y devolviéndola al presente… y haciendo que el corazón empezara a latirle con fuerza. No quería analizar el motivo por el que Rafe le producía ese efecto. Lo único que sabía era que tenía que poner fin a la vorágine emocional que sentía cada vez que él la miraba.

Para Rafe, ella no era más que la mujer que llevaba dentro a su hijo y una solución conveniente al problema que amenazaba al principado; sin embargo, ella no podía considerar el matrimonio con un hombre como Rafe desde un punto de vista tan cínico. Sin embargo, si acababa casándose con él, necesitaría hacerlo.

Llevaba ya tres días en la isla. El día anterior lo había pasado entre especialistas, nutricionistas y expertos en gimnasia, y había conocido a Carmelina, la morena belleza que iba a encargarse de su vestuario. Al protestar y decir que llevaba toda la vida encargándose ella misma de su ropa, Rafe le había recordado que iba a convertirse en una princesa, que tenía que vestirse para todo tiempo de acontecimientos, tanto formales como informales, y que no podría encargarse de un armario del tamaño de una tienda.

Y cuando la consultora de modas llegó, acompañada de una boutique y tres ayudantes, decidida a crear un guardarropa para Sienna en dos horas, ésta, por fin, creyó las palabras de Rafe.

Ese día prometía más de lo mismo. ¿Acaso era de extrañar que estuviera atontada debido a la cantidad de atención que estaba recibiendo? También el día anterior, un tocólogo había confirmado su embarazo, y la boda estaba ganando terreno cada minuto que pasaba.

Y ella continuaba aún tratando de asimilar el

hecho de estar embarazada. De nuevo, había sentido náuseas por la mañana.

–Sienna... –Rafe le ofreció la mano, impaciente por ver una prueba del bebé que habían concebido juntos–. Venga, vamos.

Resignada, Sienna aceptó la mano que él le tendía y le sorprendió el confort que le dio y el calor que podía ofrecer su contacto.

–¿Te encuentras bien? –le preguntó Rafe mientras descendían las escaleras.

–Sí, estoy bien –respondió Sienna, consciente de que a Rafe le preocupaba menos ella que el bienestar del feto.

La radióloga había montado el equipo en una de las habitaciones del primer piso que no se utilizaban, no lejos de la de ella, convirtiendo el dormitorio en una suite con los aparatos tecnológicos más modernos del mercado.

Sienna parpadeó. Era la primera vez que médicos y especialistas iban a verla; y como le había explicado Rafe, había sido para preservar la intimidad, ya que la boda aún no se había anunciado.

Sienna sabía que su determinación de escapar estaba disminuyendo. La fuerza de voluntad le fallaba. Sus posibilidades de escapar eran casi nulas...

Pero aquello no tenía sentido. Sabía que, sin amor, sería un matrimonio fallido. Si algo le había enseñado el matrimonio de sus padres era eso precisamente.

A pesar de que, al menos, su madre había querido casarse.

A ella, por el contrario, nadie le había preguntado si quería casarse o no.

–¿Estás lista?

La voz de Rafe la sacó de su ensimismamiento y ella se permitió una leve sonrisa. «¿Estás lista?» era lo más romántico que podía esperar de esa proposición matrimonial.

Tras unos momentos, Sienna se encontró tumbada en una camilla con el vestido subido y el vientre a la vista. Unas suaves voces le explicaron el procedimiento antes de aplicarle en el vientre una fría sustancia viscosa.

De repente, mientras le pasaban el escáner, lo único importante para Sienna fue la salud del feto. Le ocurriera lo que le ocurriese a ella, no tenía importancia porque sabía que saldría adelante.

«¡Por favor, Dios mío, que el bebé esté bien!».

La radióloga se estaba tomando su tiempo y se mordía los labios mientras miraba la pantalla. En su lengua nativa, le dijo algo al tocólogo y éste, observando la pantalla, asintió.

Sienna volvió la cabeza, pero el monitor estaba de lado, por lo que no podía verlo. Se incorporó para ver si así lo conseguía, pero…

–Por favor, no se mueva –le dijo la radióloga.

–¿Te pasa algo? –le preguntó Rafe a Sienna, apartando los ojos del monitor.

–Esto está durando mucho.

La radióloga le sonrió y le apretó cariñosamente el brazo.

–No se preocupe; a veces, se tarda un poco.

Pero tan pronto como consigamos una imagen clara, le enseñaré a su niño.

Rafe se acercó a la cabecera de la cama, se sentó en una silla y le tomó la mano.

–Desde aquí no vas a poder ver nada –le advirtió ella, consciente de que Rafe quería comprobar la evidencia de su hijo con sus propios ojos.

–Lo veremos juntos –y la sonrisa de él despertó esperanzas en su corazón.

Parecía una sonrisa auténtica, la sonrisa de un hombre a una mujer que había concebido un hijo con amor. Una sonrisa que le hizo desear todas esas cosas que sabía que no tendría nunca: un matrimonio de verdad, un hombre que quería casarse con ella porque la amaba, no porque la había dejado embarazada, un marido de su elección…

Sienna volvió la cabeza y clavó los ojos en los aparatos electrónicos para no seguir pensando en eso.

Le pidieron que se girase ligeramente hacia un lado y luego hacia el otro hasta que la radióloga, al parecer, encontró lo que estaba buscando.

–*Dottore Caporetto*… –el tocólogo y la radióloga estudiaron la pantalla con intensidad, frunciendo el ceño, y Sienna sintió un escalofrío en todo el cuerpo.

Algo malo pasaba.

Rafe le agarró la mano con más fuerza, notando la tensión.

–¿Qué pasa? –preguntó él en inglés antes de pasarse a la lengua nativa–. *C'e' qualcosa che non va, dottore*?

–Tienen que ver esto –dijo el tocólogo. Y, al momento, giró la pantalla para que ambos pudieran verla.

–No sé qué es –dijo Sienna–. ¿Qué es?

El tocólogo dijo algo a Rafe, que ella no comprendió, pero vio a Rafe tomar aire y contenerlo en sus pulmones antes de soltarlo. Entonces, temió lo peor.

De repente, el tocólogo esbozó una amplia sonrisa antes de acariciar el tobillo de Sienna.

–Va tutto benissimo. Auguri signorina, lei aspetta gemelli.

Sienna sacudió la cabeza y miró a Rafe, que parecía tan atónito como ella se sentía.

–No entiendo nada. ¿Qué pasa?

–Oh, perdóneme –dijo el médico–. Con la sorpresa, he olvidado mis modales. Mi más sincera felicitación, señorita. Tiene mellizos.

Capítulo 7

RAFE, absorto, contempló la pantalla. Iba a tener dos hijos, pensó con un enorme sentimiento de orgullo que le hizo desear ponerse a gritar. Sienna había llevado consigo a la isla una gran fortuna. La providencia no podía haberle procurado nada mejor.

–¿Mellizos? –oyó Rafe decir a Sienna con voz temblorosa, como si no pudiera creerlo–. No puede ser, no…

Rafe se llevó la mano de ella a los labios.

–Nos casaremos tan pronto como sea posible –dijo–. No podemos retrasar la boda.

Rafe la llevó a cenar a un restaurante del puerto esa noche para celebrar la buena nueva. Cenaron en un comedor privado en el ático del edificio, decorado con espejos de cornucopia, lujosas cortinas y una terraza que daba al puerto. Era la primera vez que Sienna veía la ciudad de Velatte, y le encantó su vida, su color y el aspecto de sus habitantes, que ofrecía una mezcla de los mejores rasgos que el Mediterráneo ofrecía.

Carmelina había demostrado su profesionalidad eligiendo para ella un vestido color amatista ajustado al pecho y con una falda vaporosa que caía hasta el suelo. Con el pelo recogido en un moño y rizos sueltos, Sienna se sentía como una diosa griega. Y, por la forma como la miraba Rafe, estuvo a punto de creerlo.

Rafe no se quedaba a la zaga. Con el esmoquin oscuro, la camisa blanca, los gemelos con el escudo de los Lombardi y la corbata vino burdeos estaba magnífico. Su aspecto era el de un hombre que lo tenía todo, y si ella se arrepentía de algo en ese momento era de saber que los mellizos formaban parte de ello.

Había pasado el día pensando en eso, en lo que ocurriría si se casaba con Rafe y en la calidad de vida que podía ofrecer a sus hijos si no se casaba con él.

Sabía que podía arreglárselas sola con un hijo, pero estar embarazada de mellizos cambiaba las cosas. ¿Qué clase de vida podría ofrecerles? ¿Podría salir adelante con dos niños pequeños? ¿Acabarían echándole en cara que los hubiera privado del estilo de vida que podrían haber tenido con su padre?

Por otro lado... ¿casarse sin amor? Eso era lo que más miedo le daba de todo.

Estaban sentados tomando los entremeses y una extraña paz descendió sobre ellos, acariciados por la suave brisa del mar y acompañados del murmullo de las olas mientras un violín, abajo en el comedor del restaurante, hacía sonar sus acordes.

–¿Cómo fue que te hiciste piloto? –le preguntó Rafe de súbito.

Sienna lo miró, pensando lo extraño que era que fuese a tener hijos de él, que Rafe quisiera casarse con ella y, sin embargo, que no se conocieran en absoluto.

–Es lo único que heredé de mi padre, la pasión por viajar –respondió–. Viví mis primeros años en un barco que él tenía, viajando por todo el mundo, parando en puertos y más puertos. Cuando llegó el momento en que tuve que ir a la escuela, anclamos en Gibraltar.

–Parece una infancia maravillosa.

Sienna lanzó una fría carcajada.

–Podría haberlo sido.

–¿Y no lo fue?

–Mi padre nunca me quiso. Me culpaba de haberle destrozado la vida, de cargarle con responsabilidades y acabar con sus días de juerga y mujeres. Es irónico que, dadas las circunstancias, haya heredado su gusto por viajar, ¿no te parece?

Rafe, pensativo, frunció el ceño.

–Pero los barcos nunca te atrajeron, ¿verdad?

–¡No, ni hablar! Mucho menos después de... bueno, después de aquello. Tumbada en la cubierta del barco, solía observar a los pájaros y soñaba con que me salieran alas para poder escapar...

Sienna se interrumpió. Había hablado demasiado, había revelado demasiado de sí misma. Agarró la copa de agua.

–En fin, así es como me dio por hacerme piloto.

–Tus padres deben estar muy orgullosos de ti.

Sienna miró hacia el puerto y aspiró el olor de la brisa del mar.

–Mi madre lo estaba, pero… ya hace unos años que murió.

–¿Y tu padre?

Sienna se encogió de hombros.

–No lo sé. Hace años que no lo veo. Mi madre y yo nos marchamos y él se quedó en Gibraltar.

–Lo siento.

–No, no es nada. Dime, ¿te parece que hablemos de algo más alegre? Háblame de tu hermana. ¿Dónde está?

Rafe asintió y, después de beber un sorbo de vino, dijo:

–Mi hermana es muy alegre. Yo era el serio de la familia, Marietta siempre ha sido una romántica sin remedio, una soñadora. Es diseñadora de joyas, y muy buena. Ahora está trabajando en Nueva Zelanda. Estoy seguro de que te gustaría.

Sienna sonrió.

–Creo que sí.

Un camarero se acercó para rellenar la copa de vino de Rafe y para servirle a ella más agua, y merodeó junto a la mesa demasiado para pasar desapercibido. Rafe lo miró.

–¿Quiere algo?

–*Scysarmi, per favore* –el enrojecido camarero se lanzó a hablar rápidamente. Rafe le contestó y, con una sincera sonrisa, se levantó del asiento y estrechó la mano del hombre antes de que éste le diera un abrazo impulsivamente y, avergonzado por su conducta, se dispusiera a marcharse diciendo:

–*Grazie. Grazie.*

Rafe encogió los hombros mientras se sentaba como si nada hubiera ocurrido.

–El padre del camarero trabaja de cajero en uno de los casinos y su madre de mujer de la limpieza en el mismo casino. Después de ver el arresto de Carlo y Roberto, tenía miedo de que sus padres perdieran el trabajo.

–Eso no ha sido todo –dijo Sienna, segura de que Rafe no se lo había contado todo–. Te estaba dando las gracias por haber venido, ¿verdad?

Rafe lanzó una mirada a la puerta, evitando la de Sienna como si le resultara incómodo lo bien que había interpretado el intercambio de palabras.

–Eso parece.

Sienna pensó en las sonrisas y el cariño con que la gente los había recibido aquella noche. Al principio, había creído que era normal tratándose de un príncipe. Pero ahora, tras reflexionar, se dio cuenta de que el cariño era genuino, como si la población de Montvelatte hubiera recibido al nuevo regente con alegría. Y Rafe había reaccionado con el camarero de forma recíproca.

–Esta gente es realmente importante para ti, ¿verdad?

–¿Te sorprende?

Sienna se encogió de hombros, avergonzada de que sus prejuicios fueran tan evidentes.

–Sí, teniendo en cuenta que no habías tenido antes ninguna relación con Montvelatte. Te criaste en París, en el exilio, con tu madre y tu hermana.

–Tienes razón. Lo único que sabía de este país era lo que me contaba mi madre o lo que leía en los libros que ella me aconsejaba que leyera. Pero ahora que vivo aquí y que estoy conociendo a la gente, me sorprende lo a gusto que me encuentro. Me alegro de haber decidido venir –Rafe extendió la mano y le tomó la suya, y Sienna sintió la sinceridad de sus palabras en el contacto.

–¿Dudaste en algún momento? –le preguntó Sienna, sintiendo el placer sensual que le ofrecían las caricias del pulgar de Rafe–. Pensé que esa noche decidiste que éste era tu destino.

Rafe sacudió la cabeza.

–Al principio, no tenía pensado venir. Empecé a pensarlo cuando Yannis me llamó –se dio cuenta de que tenía que explicarse–. Yannis Markides no sólo es mi socio en los negocios sino, lo que es más importante, un amigo de toda la vida. Fue Yannis quien me hizo recapacitar. Sin embargo, cuando decidí venir, no lo hice porque sintiera un inexplicable lazo de unión con la gente de esta isla.

–Entonces, ¿por qué?

–Por dos motivos. En primer lugar, quería demostrar que un hijo bastardo, un hijo del que un padre había renegado, podía demostrar ser digno de regentar un país –Rafe clavó los ojos en los suyos significativamente–. Al parecer, yo también fui bendecido con un padre que no me quería.

–¿Y el otro motivo?

–Por mi madre. Mi madre adoraba la isla mediterránea en la que había nacido y sufría viviendo en el exilio como una vulgar delincuente sólo porque había engendrado a los hijos bastardos del príncipe. ¿Lo entiendes? Para mí volver era como reivindicar a mi madre. Eso fue lo que más me motivó. Sin embargo, no tenía ni idea de lo bien que iba a sentirme aquí.

Sienna tembló. La madre de Rafe estaba muerta, recordaba haberlo leído en un artículo después de la coronación de Rafe. Pero no se le había ocurrido que también compartieran eso.

–Tengo una cosa para ti –dijo Rafe metiéndose la mano en el bolsillo.

Sienna se irguió en el asiento, nerviosa, temiendo que iba a darle un anillo de compromiso. A pesar de la tranquilidad que los acompañaba esa noche, no estaba lista aún para algo así.

–¿Qué es?

La caja color rojo parecía vieja, el terciopelo raído.

–Es la joya preferida de mi madre. Me ha parecido que deberías tenerla tú.

Sienna negó con la cabeza, pero él insistió, obligando a aceptarla.

–Era de tu madre. ¿No debería tenerla tu hermana?

–Abre la caja.

Sienna jadeó al abrir la caja y ver la deslumbrante joya de piedras preciosas que colgaba de un collar de brillantes.

–Es precioso. Pero… pero no puedo aceptarlo.

Sin embargo, Rafe ya se había puesto en pie y,

después de quitarle el collar, se lo puso y se lo abrochó. Ella tocó con una mano la preciosa joya.

Rafe volvió a sentarse, el fuego de las gemas reflejado en sus ojos.

–Te sienta muy bien. ¿Te he dicho lo bonita que estás esta noche?

Sienna bajó la mirada.

–Carmelina ha elegido el vestido.

–No es el vestido, sino tú. Estás radiante –Rafe alzó su copa–. Por ti, mi futura esposa, la madre del futuro de Montvelatte.

Ella tembló, la responsabilidad del título que él le otorgaba era una carga muy pesada.

–Escucha, Rafe, aún no he accedido a casarme contigo.

Sorprendido por sus palabras, Rafe frunció el ceño; pero, inmediatamente, alargó la mano y tomó la de ella.

–¿Acaso tienes otra opción? Pronto se te va a notar el embarazo. ¿Quieres que se te note en la boda?

–Si accediera a casarme contigo, ¿qué pasaría si se me notara en la boda que estoy embarazada? –preguntó ella enfadada.

La luz de la vela se reflejó en los ojos de Rafe.

–Lo siento. Quizá haya sido prematuro que salgamos hoy a cenar. Me parece que aún no estás preparada para ver que es lo único que podemos hacer.

–¡Y tú no estás preparado para ver las cosas desde mi punto de vista!

Rafe suspiró, se recostó en el respaldo de su asiento y tiró la servilleta encima de la mesa.

–¿Y cuál es tu punto de vista? ¿Que puedes seguir con tu vida, pilotando un helicóptero, embarazada de mellizos y comportándote como si no pasara nada? –Rafe lanzó una maldición en voz baja, se puso en pie e hizo un gesto al camarero para que le llevaran el coche.

Sienna permaneció donde estaba y, alzando la barbilla, contestó:

–Ya no sé nada. Dos niños… no sé. Pero lo que sí sé es una cosa, nuestro matrimonio no tendría ninguna posibilidad de éxito mientras sigamos siendo, prácticamente, dos desconocidos. No sabemos nada el uno del otro.

Rafe se la quedó mirando fijamente. Por fin, lanzó un suspiro y, tras sentarse otra vez, asintió.

–Sí, tienes razón. Te estoy metiendo prisa. ¿Te parecería suficiente un mes?

¿Rafe le estaba dando un mes para tomar una decisión?

–Eso, desde luego, ayudaría –respondió ella.

Y ayudó. Rafe hizo que Sebastiano reajustara su calendario para dejarle todas las tardes libres de la semana siguiente. Aprovechó el tiempo para llevarla a la ópera, al estreno de una obra de teatro, a magníficas cenas o al puerto. Los fotografiaron juntos un sinfín de veces y, aunque Sienna sabía que las fotos iban a aparecer en las revistas del corazón, no le molestó. Al fin y al cabo, aún no se había comprometido con Rafe. Pero disponía de un mes y aprovecharía el tiempo para conocerlo mejor.

Capítulo 8

SIENNA estaba sentada en la biblioteca, con el sándwich a medio comer y el té a medio beber, pero no porque la náusea matinal le hubiera quitado el apetito. Tampoco se lo habían quitado su libro de texto de italiano ni el libro de protocolo ni los doce volúmenes de Historia de Montvelatte que Sebastiano, tan generosamente, había decidido que podrían servirle de ayuda mientras Rafe estaba ocupado en Roma en la presentación de las medidas de ayuda a Montvelatte ante un grupo de financieros internacionales.

Su falta de apetito se debía al enfado que le había provocado el pergamino que tenía en la mano. Rafe le había dicho que le daba un mes, pero la fecha en la invitación le decía otra cosa.

Según la invitación, iba a convertirse en la princesa de Montvelatte en menos de dos semanas.

¿Y por qué le extrañaba? Al fin y al cabo, Rafe no le había pedido que se casara con él; simplemente, había dado por hecho que acataría su voluntad.

¿Y por qué iba a hacerlo? Rafe la había dejado embarazada, pero ése era todo el interés que tenía en hacerla su esposa.

Eso no era suficiente.

Sienna cerró los ojos con fuerza. ¿Cómo podía haberse hecho tantas ilusiones? ¿Cómo podía haber imaginado que si Rafe y ella se conocían mejor podrían tener un matrimonio de verdad? Un embarazo no era una base firme para un matrimonio. Sólo el amor podía cimentar un matrimonio, un amor recíproco.

¿Cómo iba a casarse con un hombre al que no amaba y que no la amaba a ella, un hombre que la veía como un juguete sexual o como su incubadora personal, sin tener en cuenta ni su profesión ni su trabajo? Un hombre que le había mentido y que no le daba elección.

¿Cómo podía salir bien un matrimonio así?

–Sebastiano ha dicho que querías verme.

Sienna se sobresaltó. Había estado tan ensimismada en sus pensamientos que no había advertido la llegada de Rafe. Era evidente que había regresado hacía poco, ya que se estaba tirando de la corbata y aún llevaba un traje oscuro y la camisa blanca que acentuaba el tono oliva de su piel, y una barba incipiente que ensombrecía su mandíbula y le daba aspecto de pirata. ¿Cómo podía un hombre estar siempre tan guapo, llevara lo que llevase?

O aunque no llevara nada.

Sienna bajó la mirada y clavó los ojos en la invitación que tenía en las manos.

Entonces, de repente, Sienna se puso en pie y agitó el papel que tenía en la mano.

–Me dijiste que me dabas un mes para tomar una decisión.

–¿Eso hice?

–Sí y lo sabes perfectamente. La noche de la primera cena. Me dijiste que disponíamos de un mes para conocernos mejor.

–Bien. ¿Y cuál es el problema?

–¡Que hoy he visto esto! –Sienna le plantó la invitación en la cara y él no tuvo más remedio que agarrarla. Después, la ojeó brevemente.

–¿No te gusta la invitación?

–¡Lo que no me gusta es la fecha! Mírala. Dijiste que teníamos un mes para conocernos. Dijiste que yo disponía de un mes para tomar una decisión antes de fijar la fecha de la boda; sin embargo, aquí dice que vamos a casarnos en menos de dos semanas. ¡Me has mentido!

–¡No! Yo no dije que tenías un mes para tomar una decisión. Lo que te pregunté fue si un mes te parecía suficiente para conocernos mejor y tú dijiste que sí. Lo que fue una suerte, teniendo en cuenta que la fecha de la boda ya estaba fijada.

La sangre le subió a la cabeza.

–¿Sabías que la fecha de la boda ya estaba fijada y no me lo dijiste, a pesar de saber perfectamente que yo entendí que me dabas un mes para decidir?

–¿Y no es lo que hemos estado haciendo, Sienna? –Rafe se le acercó, deteniéndose a escasos centímetros–. ¿No hemos aprovechado el tiempo para estar juntos y conocernos mejor? Creía que lo estabas pasando bien estos días.

Sienna sintió el calor del cuerpo de Rafe, pero era su aroma lo que amenazaba con quitarle la razón. Un aroma que había echado mucho de menos durante los tres últimos días. Pero con la fuerza de su ira, se dio media vuelta y se separó de él.

–No se trata de eso. Dejaste que creyera que tenía elección, que la decisión era mía. Y lo será. No voy a permitir que me obligues a casarme contigo. No quiero que se envíen estas invitaciones.

–Me temo que ya es tarde para eso. Sebastiano me ha dicho que ya han sido enviadas.

–Pero yo no he dicho que voy a casarme contigo.

Rafe se encogió de hombros.

–No tienes nada que decir al respecto.

–¡Cómo te atreves! –Sienna estaba harta de la arrogancia de ese hombre. Harta de su actitud–. ¿Y qué hay de mi vida? ¡Soy piloto de helicópteros, Rafe, no una princesa!

–En menos de dos semanas serás las dos cosas.

Sienna lanzó un bufido.

–¿Vas a hacer que me crea que puedo conservar mi trabajo?

Rafe, con un golpe, dejó la invitación en una mesa.

–No digas tonterías. No puedo permitir que mi esposa se dedique a pilotar un helicóptero por todo el Mediterráneo. Trabajarás aquí. Tu trabajo consistirá en desempeñar el papel de princesa de Montvelatte y en ser la madre de nuestros hijos.

–¡Me ha costado mucho esfuerzo hacerme piloto! He trabajado mucho para conseguir lo que he conseguido. ¿Cómo es posible que esperes que lo abandone todo y acate tus planes?

Rafe suspiró.

–¿Es que no lo entiendes? No tienes alternativa. Tu carrera como piloto acabó en el momento en que te quedaste embarazada.

–¡Fuiste tú quien me dejó embarazada!

–Me declaro culpable –Rafe se acercó a un mueble y, tras servirse un whisky, alzó el vaso burlonamente a modo de brindis–. Y, por ello, me casaré contigo. ¿Qué más puedes pedir?

Rafe bebió el líquido ámbar de un trago y añadió:

–Y ahora, si eso es todo… Tengo que ocuparme de unos asuntos que no pueden esperar.

Rafe se estaba volviendo para marcharse cuando Sienna le interceptó el paso y lo agarró por la manga de la chaqueta.

–No te consiento que me trates así, como si no fuera más que un peón con el que puedes hacer lo que quieras.

Los ojos de Rafe brillaron con fría ferocidad.

–Eso sería un error por mi parte. Pero deja que te aclare una cosa: nos vamos a casar el día que está impreso en la invitación, tanto si te gusta como si no.

–¿Y si me niego?

–Si te niegas y es necesario, te arrastraré hasta el

altar. Pero estate segura de que te vas a casar conmigo.

Rafe la encontró sentada en el borde de la piscina con la falda floreada por encima de las rodillas y las piernas en el agua. Estaba preciosa y, al mismo tiempo… parecía muy triste.

–¿Te molesto?

Sienna lo miró brevemente y volvió la cabeza de nuevo.

–Creía que tenías que trabajar –respondió, pero no antes de que él notara su sorpresa.

Sorpresa y algo más había visto en sus ojos. Estaba enfadada, pero no era sólo eso.

–El trabajo puede esperar. Necesitaba un poco de aire fresco y se me ha ocurrido que, ahora que ya está atardeciendo, podríamos dar un paseo por el camino del acantilado. ¿Lo has recorrido ya?

Sienna sacudió la cabeza.

–¿Te apetece?

Ella parpadeó y, por fin, asintió.

–Gracias.

Sienna sacó las piernas del agua, agarró una toalla y se secó.

–Vamos –dijo Rafe una vez que Sienna se hubo puesto las sandalias–. Por aquí.

Todavía hacía calor, pero el sol estaba bajando por el horizonte y el aire estaba impregnado del olor de las plantas silvestres cuando tomaron el estrecho y serpenteante camino rodeado de arbustos bajos y diminutas flores color rosa.

En la distancia, la roca llamada Pirámide de Iseo se alzaba salvajemente hacia el cielo. En un punto en el que se había esculpido una silla en la vieja piedra, se detuvieron para contemplar la Pirámide de Iseo.

–Háblame de la leyenda –dijo Sienna mirando hacia el islote rocoso en medio del mar.

Rafe se la quedó mirando. Veía en ella algo nuevo, una vulnerabilidad que no había visto antes, como si Sienna hubiera perdido su capacidad para luchar y se hubiera resignado.

Y no le gustó lo que vio.

Entonces, ella volvió el rostro y lo miró con expresión interrogante, y él apartó la mirada y la fijó en la roca que tanto parecía fascinar a Sienna.

–Así se formó Montvelatte –le dijo él–. Las aguas alrededor de la pirámide son muy traicioneras, muchos barcos han naufragado en su camino del continente a la isla tras perder el rumbo. Se dice que la pirámide es como un imán. Han muerto muchos hombres.

–¿Y la bestia? ¿Cómo surgió la leyenda de la bestia?

–Al parecer, una noche en la que hubo una gran tormenta y no había luna, un barco con una carga de gran valor que iba hacia Génova desde Oriente fue arrastrado hacia la roca y se partió en dos. Milagrosamente, un hombre sobrevivió y fue testigo de la ruptura del barco y de las muertes de sus compañeros. Fue él el primero en ver a la bestia bajo la luz de los relámpagos. La bestia estaba encima de la pirámide, rugiendo en medio de la tormenta y, según este hombre, tenía en sus fauces el cuerpo desgarrado de uno de los marineros. Ese hombre era Iseo.

Sienna tembló y Rafe deseó ponerle un brazo sobre los hombros, pero sabía que el gesto no sería bien recibido.

–¿Y qué pasó con Iseo?

–Logró agarrarse a unas tablas y consiguió llegar hasta aquí. Pero acabó loco, si es que no lo estaba ya. De todos modos, todo el mundo oyó la historia y todos la creyeron.

–Es una historia horrible.

–Aunque afortunada para Montvelatte.

Sienna alzó los ojos hacia él.

–¿Cómo es eso?

Rafe se encogió de hombros.

–Un inteligente pirata decidió que era más fácil ganarse la vida cobrando a los barcos por garantizarles seguridad al pasar cerca de la Bestia que atacarlos. Sólo atacaba a los que se negaban a pagarle.

–¡Dios mío, qué emprendedor!

Rafe se echó a reír; de repente, se alegró de haber abandonado el montón de trabajo que tenía y haber ido a dar ese paseo con una mujer que no dejaba de sorprenderlo.

Una mujer a la que había dejado embarazada.

Una mujer que pronto sería su esposa.

Y en lo más profundo de su ser, supo que ese matrimonio iba a salir bien. De una forma o de otra. Lo único que tenía que hacer era convencer a Sienna.

Un ruido los interrumpió, y Rafe se maldijo a sí mismo por no haber desconectado el teléfono móvil. Como había sospechado, era Sebastiano para recordarle que tenía una reunión. Cosa que él sabía de sobra, pero que había preferido olvidar.

–Este asiento esculpido en la piedra es precioso –dijo Sienna cuando él desconectó el teléfono después de la llamada.

–Lo llaman el Trono de Vicenzo –dijo Rafe a espaldas de ella, acercándosele tanto que pudo llenarse los pulmones de su perfume–, el nombre del primer príncipe de Montvelatte. No se sabe quién esculpió el asiento ni cuándo, pero fue aquí cuando Montvelatte se convirtió en un principado.

Sienna volvió la cabeza y lanzó una mirada nerviosa, como si le hubiera sorprendido lo cerca que él estaba de ella, antes de clavar la mirada una vez más en el asiento de piedra y pasar una mano por su superficie.

–Tenía intención de leer sobre esto hoy –comentó–. ¿Cómo ocurrió?

Rafe esbozó una sonrisa al darse cuenta de que ella estaba fingiendo centrar todo su interés en la reliquia. Pero, por la forma como su pecho se le movía con la respiración y por el color de sus mejillas, sabía que lo deseaba tanto como él a ella en esos momentos.

Dos semanas para la boda. No, esperaba acostarse con ella antes.

–Fue en el siglo XIV –comenzó a explicar Rafe mientras la veía sentarse en el ancho trono de piedra–. La familia real de Karpenthia iba en un barco camino a Génova. En aquel tiempo, Karpenthia era una potencia en el norte de África mientras que la ciudad de Velatte era un lugar de prostitutas, piratas y malhechores. Pero la hija del rey enfermó y tuvieron que desviarse al puerto de Velatte. Demostraron mucho valor al hacerlo ya que estaban arriesgando sus vidas, pero no tenían alternativa.

Los ojos de Sienna se agrandaron, el relato había despertado su interés.

–¿Y qué pasó?

–Un hombre destacó entre la multitud que fue a recibir al barco. Cuando ese hombre vio quiénes iban a bordo, prometió curar a la chica, haciendo que la llevaran a una choza en la que su abuela, una anciana de la que se decía que tenía poderes mágicos, y que preparó un remedio a base de hierbas que había en estos acantilados.

–Y la anciana la salvó.

Rafe asintió.

–El rey, como muestra de agradecimiento, hizo de Montvelatte un principado y nombró príncipe al nieto de la anciana. Ese hombre era Vicenzo Lombardi. Dos años más tarde, la princesa regresó y se convirtió en la primera princesa de Montvelatte.

–¿Se casó con Vicenzo y vivió entre piratas y prostitutas?

Rafe se encogió de hombros al tiempo que apoyaba un brazo en el trono de piedra.

–Según la leyenda, se amaban y entre los dos cambiaron Montvelatte. Al parecer, fue entonces cuando se construyó la parte original del palacio, encima de los restos de una antigua fortaleza, como regalo de Vicenzo a su esposa.

–Hablas como si no creyeras lo que estás contando.

–Puede que sea un cínico, pero sospecho que Vicenzo puso precio a salvar a la hija del rey.

–Sin embargo, una vez que se marcharon de aquí, ¿por qué el rey iba a traer de vuelta a su hija? ¿Por qué no puede ser verdad esta historia?

–Es un cuento de hadas. La realidad es muy diferente.

–Es una leyenda –Sienna sacudió la cabeza–. Pero… ¿por qué no puede ser verdad? ¿Qué mejor forma de formar una nación?

«¡Porque eso significaría que amar a alguien es algo bueno en sí mismo!».

Rafe volvió el rostro; de repente, no quería que ella le viera los ojos. Sienna, a veces, tenía la habilidad de romper sus defensas y ver partes de él ocultas, además de hacerle preguntas que nadie se atrevía a hacerle. Porque nadie sabía cómo se había sentido durante años viendo a su madre sufrir por estar en el exilio.

«No desperdicies el tiempo con el amor», le había dicho su madre de pequeño. «No entregues tu corazón. Sé fuerte, pequeño mío. Sé fuerte».

Así pues, había crecido decidido a ser fuerte, a demostrarle al mundo entero que un título no significaba nada, que creer en uno mismo era lo único que contaba. Y teniendo en cuenta el desastre que sus medio hermanos habían causado, tenía más motivos que nunca para creerlo.

Se quedó mirando al mar, a la negra roca que era la Pirámide de Iseo, y pensó en la bestia que, según la leyenda, vivía ahí. ¿Quién necesitaba una bestia cuando el propio corazón era todo tinieblas?

–Así que la isla de los piratas se convirtió en un principado, ¿eh? –oyó decir a Sienna–. ¿No opusieron resistencia los países vecinos?

Rafe se volvió y la sorprendió mirando en dirección al palacio mientras se retiraba unos mechones de pelo del rostro. ¿Acaso Sienna tenía idea de cómo el movimiento le alzaba los pechos, resaltando su curva perfección?

Sienna bajó los brazos y giró en el asiento, y él la miró a los ojos.

–Las familias reales de Francia e Italia tenían en gran estima al rey de Karpenthia. Y aunque ninguno de los dos países había mostrado interés por la isla hasta entonces, pusieron la condición de que sólo un Lombardi podía acceder al trono, que si la dinastía se acababa también acabaría el acuerdo.

–Y por eso has venido.

–Sí, por eso.

–¿Qué habría pasado si no hubieras venido?

–Le habrían pedido a Marietta que ocupara el trono. Pero a ella jamás le ha interesado, sus lazos con la isla eran más tenues que los míos. Además sé que mi madre jamás me habría perdonado que, por mí culpa, Montvelatte hubiera perdido su estatus de principado. La tierra y la riqueza de la isla habrían quedado a disposición de cualquiera.

–¿De Italia?

–O de Francia, dependiendo de cuál de los dos países tuviera más influencia. Ya hay abogados en una docena de capitales europeas investigando el asunto, por si acaso.

Rafe no le dijo que, según las noticias que había recibido ese mismo día, se estaban examinando muy de cerca los acontecimientos en la isla, al igual que la identidad del príncipe y de su nueva compañera, de la que ya corría el rumor de que estaba embarazada.

Tampoco le dijo nada sobre el otro informe que Sebastiano había hecho que realizaran respecto a la vida de Sienna. En dicho informe, un detalle destacaba: en el tiempo en el que habían tenido una aventura amorosa, no había habido ningún otro hombre en la vida de ella. Rafe había sido el único, confirmando su paternidad.

«Mayor motivo aún para que nos casemos y a toda prisa».

Reanudaron el paseo, rodeando las altas murallas del palacio por la parte donde la montaña descendía con más suavidad hasta un profundo valle. Había terrazas con viñedos que llegaban hasta un río que, a su vez, serpenteaba hasta el puerto donde los edificios de la ciudad de Velatte se arremolinaban alrededor de la costa. La oyó jadear ante la belleza que los rodeaba mientras contemplaban cómo los viñedos de las montañas daban paso a la blanca arquitectura de la ciudad, que acababa en una fila de casinos, todos ellos magníficos.

–La vista desde aquí es maravillosa –dijo Sienna–. No tenía ni idea de que hubiera un camino así.

Y Rafe sintió una punzada de remordimiento por haber tenido a Sienna encerrada en el palacio la mayor parte del tiempo y haber esperado que se entretuviera con unos polvorientos libros y que se contentara con pasearse delante de los paparazzi, sin mostrarle la belleza de la isla que iba a convertirse en su hogar.

Vio cómo le brillaban los ojos, vio su amplia sonrisa, y no pudo evitar tomarle la mano. Entonces, con el dedo, él señaló los picos y las colinas visibles al otro lado del valle.

–Al sur de la ciudad de Velatte, la isla se extiende otros quince kilómetros. Ahí hay pequeños pueblos entre viñedos y olivares o junto a la costa. Y, por supuesto, como en cualquier otra isla mediterránea, hay hoteles; aunque el turismo de Montvelatte se centra en los casinos.

–Esto es precioso –repitió ella.

–Sí, lo es –respondió él, observando la hermosa puesta de sol–. Creo que podrías ser feliz aquí.

El brillo de los ojos de Sienna disminuyó levemente.

–Rafe –dijo en voz baja, en apenas un susurro.

Los labios de Sienna le atrajeron, lo hicieron arder en deseo.

Ella sacudió la cabeza casi imperceptiblemente,

pero él se negó a aceptar que el gesto significara que no quería que la besara; sobre todo, porque los ojos de Sienna le estaban enviando un mensaje completamente diferente y sus labios se abrieron, dispuestos a recibirlo.

Rafe le puso una mano en la mejilla y en esa parte del camino, bajo el palacio y sobre el magnífico valle a sus pies, su mundo se encogió hasta limitarse a una mujer y a ese momento.

Sienna tembló al recibir el beso. Y él le puso las manos en la nuca y enterró los dedos en sus cabellos mientras el sabor femenino hacía que la sangre le hirviera.

Sienna sabía a sol y a vainilla, a calor y a mujer; y por la forma como movió los labios, se dio cuenta de que no era él sólo quien estaba besando. La estrechó contra sí, pegándosela al cuerpo.

Ella jadeó, pero no se apartó. Por el contrario, se frotó contra él, haciéndolo agonizar de deseo. Y, con cada beso, su pasión se acrecentó.

«Te deseo», quería susurrarle él mientras le mordisqueaba el oído. Sienna tembló como si hubiera oído esas silenciosas palabras y pegó sus senos contra el duro pecho de él.

Rafe respiró profundamente, luchando contra la necesidad de poseerla ahí mismo, en ese solitario camino, consciente de que los paparazzi podían estar escondidos en alguna parte al acecho, esperando la oportunidad de sacar la foto perfecta; luchando contra la bestia que llevaba dentro.

Con desgana, Rafe dejó de besarla y se apartó de

ella. Sienna abrió los ojos y, en su expresión, él vio una desilusión que casi le hizo cambiar de idea.

–Tenemos que volver –dijo Rafe–. Tengo una reunión y ya voy con retraso. Además, podríamos agarrar un resfriado.

La vio enderezar la espalda y su expresión tornarse fría poco a poco.

–Sí, por supuesto. No me gustaría agarrar un resfriado.

Capítulo 9

ERA TONTA. Habían transcurrido cuarenta y ocho horas y ésa era la única conclusión a la que ella había llegado mientras se paseaba bajo el emparrado de la terraza con varios libros de texto abiertos y abandonados en la mesa que había ahí.

Dos noches atrás se había acostado acompañada del recuerdo del beso en el camino de los acantilados. Rafe no la había presionado y tampoco le había exigido nada y, sin embargo, con un simple beso había destruido sus defensas.

Y durante un momento, cuando él había comentado que creía que podría ser feliz allí, Sienna casi había llegado a creer que a Rafe le importaba su bienestar. Y el beso había acabado completamente con sus defensas…

Pero, al momento siguiente, Rafe la había soltado y le había dicho que no quería que agarrara un resfriado, a pesar de que la temperatura debía de ser de unos veintitantos grados centígrados.

Por supuesto, a él no le había preocupado su bienestar, ya que no la consideraba una persona, sino su incubadora personal.

Claro que Rafe quería que fuera feliz allí, necesitaba estar seguro de que la madre de sus hijos no iba a escapar de la isla inesperadamente, tanto con ellos como sin ellos; sin embargo, no había hecho nada por asegurar su felicidad. Se limitaba a asumir que iba a ser feliz, igual que había asumido que iba a casarse con él.

Rafe la había besado y ella había sentido, o creído sentir, que había algo de cariño en el beso, lo que le había sorprendido y la había impulsado a besarlo también.

Pero esa vaga esperanza se había convertido en nada cuando Rafe la instó a volver al palacio para que no se resfriara… por la salud de los niños.

¿Era demasiado pedir que Rafe la quisiera por ella misma?

Se había prometido que no le ocurriría lo que a su madre: años amando a un hombre que se había visto obligado a casarse sin desearlo y que no la amaba…

Y años en los que ella se había sentido culpable por ser la causa del absurdo matrimonio de sus padres. No, no quería imponer en sus hijos esa misma carga.

«De no ser por ti, mi vida habría sido diferente».

«De no ser por ti, mi vida habría sido mucho mejor».

«De no ser por ti...».

¿Cuántas veces y de cuántas maneras su padre la había hecho sentirse responsable de los sinsabores de su vida? Y todo porque lo habían obligado a casarse sin querer. Todo por un embarazo no deseado.

Rafe podía no ser como su padre, pero sus motivos dejaban mucho que desear. Y ella no podía soportar la idea de que sus hijos se dieran cuenta de que no habían sido producto del amor, de que su padre los había querido tener por motivos políticos.

No, no podía soportarlo.

Si quería casarse con alguien, Rafe iba a tener que enamorarse de ella.

Sienna agarró el teléfono que más cerca tenía y marcó el número que la conectaría con el teléfono de la oficina de Sebastiano.

–¿Dónde va a estar Rafe esta noche? Necesito verlo.

–El príncipe Raphael no va a volver al palacio antes de las once de la noche, puede que incluso más tarde.

–¿Y cómo podría verlo antes de esa hora?

–En estos momentos, el príncipe Raphael está en una reunión con los directivos financieros de los casinos en el Casino de Velatte y después va a asistir a un recital en la sala Crystal de ese casino.

–Perfecto –dijo Sienna, dándole ya vueltas en la cabeza al sinfín de trajes de noche que colgaban de su enorme armario–. ¿Podría llevarme allí?

–No estoy seguro de que sea una buena idea, señorita. El príncipe no espera que usted…

–Sebastiano, por favor… Sé que no me considera apropiada para convertirme en la princesa de Montvelatte; pero ya que se ha negado a ayudarme a salir de la isla, no va a tener más remedio que ayudarme a hacer que este matrimonio salga bien. No le pediría el favor si no fuera importante.

Mientras esperaba una respuesta, Sienna contuvo la respiración.

–¿Podría estar lista a las nueve? –preguntó Sebastiano por fin.

Sienna lanzó un suspiro.

–Estaré lista.

Sienna se miró por última vez en el espejo, se pasó las manos por el satín de los guantes que le subían por los brazos y se preguntó cuál sería la reacción de Rafe al verla. El vestido de seda verde se le ajustaba al cuerpo como los guantes y le dejaba la espalda al descubierto. Los otros vestidos eran perfectos para una princesa, pero esa noche no quería desempeñar el papel de princesa, sino de mujer seductora. Y estaba deseando ver la reacción de Rafe.

En ese momento se oyeron unos discretos golpes en la puerta.

–Señorita, el coche está en la puerta, esperándola.

Sienna tenía los nervios a flor de piel mientras descendía la escalinata hasta el piso bajo. Si su plan no salía bien, si no conseguía impresionar a Rafe… ¿qué iba a pasar? ¿Qué posibilidades de éxito tendría ese matrimonio?

Sebastiano la estaba esperando a la entrada y la escoltó hasta el Alfa Romeo.

–Señorita Wainwright –le dijo con una leve reverencia–, será un honor llevarla al Casino de Velatte.

–¿Usted?

–Será un placer.

–Gracias. Y no se preocupe, le diré a Rafe que esto ha sido idea mía exclusivamente, que usted no ha tenido nada que ver.

–Todo lo contrario –dijo Sebastiano, mirándola con admiración y, simultáneamente, respeto–, admiro su sabiduría. Creo que es una idea magnífica.

Al poco tiempo, los viñedos de las colinas dieron paso a una carretera que seguía el curso del río flanqueado por chopos y que cruzaba fincas privadas y naranjales. Al llegar a la ciudad, en dirección al puerto, edificios de dos y tres pisos formaban las calles estrechas rebosantes de gente y bares.

Mirando por la ventanilla del coche, Sienna se fijó en las elegantes mujeres morenas y en los atractivos y también morenos hombres. Se notaba vida, color y actividad en esa ciudad a la que cuanto más iba más le gustaba.

Desembocaron en la avenida Lombardi, que separaba la hilera de casinos de las dársenas para yates. Y allí, en medio de la avenida, vio la cúpula verde, su destino.

–El Casino de Velatte es el casino más antiguo y de más prestigio de la ciudad –le dijo Sebastiano–. El recital es con motivo de la celebración de su bicentenario.

La entrada del casino era una serie de jardines

con fuentes, a cada cual más bonito, que acababan delante del patio de la entrada.

Rafe no la había llevado allí, y contempló con admiración el edificio. Debería ser un palacio, pensó cuando el coche se detuvo a las puertas del casino, con sus suelos de mármol brillando bajo la luz de las arañas de cristal.

Le abrieron la puerta y Sienna salió a otro mundo, a un mundo de lujo y extravagancia.

Un mundo al que no pertenecía.

En un momento de pánico, se volvió hacia el coche, pero Sebastiano se le acercó, la tomó del brazo e impidió su retirada. Entonces, Sebastiano intercambió unas palabras con un conserje y, al momento, se sintió impulsada hacia el interior del edificio… para encontrarse con Rafe. Y jamás se había sentido más asustada y menos seductora. No era una princesa. Era un fraude y todos se iban a dar cuenta.

El interior del casino era aún más opulento y las miradas hacia ellos se tornaron más abiertamente curiosas mientras avanzaban hacia el interior del edificio, sorteando mesas ocupadas por los ricos y elegantes, acompañados del sonido de los dados y de los giros de las ruletas, pasando por delante de las mujeres más hermosas que había visto en su vida.

Al entrar en un ascensor decorado en colores oro, granate y azul marino, los colores del casino, Sienna lanzó un suspiro.

–Lo está haciendo muy bien –le dijo Sebastiano, interpretando su estado a la perfección.

Sienna lo miró, sorprendida de que Sebastiano intentara infundirle ánimo.

–Estaba equivocado respecto a usted –admitió Sebastiano–. Tenía miedo de que no fuera lo que parecía, de que no fuera la mujer adecuada para el príncipe Raphael.

–¿Y ahora?

Sebastiano asintió con una sonrisa.

–Ahora creo que es perfecta para el príncipe y para Montvelatte.

Sienna respiró profundamente.

–¿Cree que se va a enfadar de que haya venido?

Sebastiano pareció reflexionar unos segundos. Luego, sonrió.

–Creo que le va a encantar.

Las puertas del ascensor se abrieron y salieron a otro opulento vestíbulo; las arañas del techo eran más pequeñas, pero su intrincado diseño proyectaba el mismo efecto espectacular. Unas puertas de cristal se abrieron y por ellas salió un grupo de hombres que charlaban animadamente.

Sienna se detuvo al ver a Rafe, y las voces se acallaron cuando todos los ojos se volvieron hacia ella.

Pero Sienna sólo tenía ojos para Rafe, resplandeciente con su traje oscuro y su fajín granate. Sintió el primitivo deseo que sentía cada vez que lo veía; aunque, en esta ocasión, también tenía miedo.

Había mucho en juego.

Mucho dependía de la reacción de Rafe esa noche.

–Sebastiano, ¿qué significa eso? –preguntó Rafe acercándoseles.

Sebastiano se aclaró la garganta y murmuró una respuesta en voz tan baja que incluso a ella le costó entender sus palabras:

–La señorita Wainwright deseaba acompañarlo al recital.

Sienna tembló bajo la mirada de Rafe. Por fin, recuperando la voz, dijo:

–Lo siento. Ha sido idea mía. Yo... Pero no te preocupes, puedo marcharme ahora mismo –al instante, se dio la vuelta.

Entonces, oyó un ruido y volvió la cabeza. Y cuando vio lo que Rafe estaba mirando, se dio cuenta de que había sido él quien había emitido ese sonido gutural... al ver el escote de la espalda del vestido. Y la profunda oscuridad de los ojos de Rafe brilló con una pasión desbocada, una pasión que la hizo arder.

Rafe asintió en dirección a Sebastiano.

–Gracias, Sebastiano. Ya puede marcharse –dijo Rafe antes de tomarla a ella del brazo y volverse hacia la curiosa audiencia–. Caballeros, les presento a la señorita Sienna Wainwright, mi acompañante esta noche.

Los minutos siguientes fueron dedicados a las presentaciones. Sin embargo, era la mano que tenía en la espalda la que atraía toda su atención.

Por fin, fueron al gran salón, cuyas dimensiones la dejaron sin respiración. Los cientos de personas que pensó estaban allí ya habían ocupado sus asientos y esperaban a que la celebración comenzara oficialmente. Se oyeron murmullos cuando Rafe y ella, tomados del brazo, aparecieron en el palco real.

Rafe se inclinó sobre ella cuando los últimos acordes del himno de Montvelatte llegaron a su fin.

–¿Te das cuenta de lo que has hecho al ponerte un vestido así?

–¿Qué he hecho?

La intensidad de la mirada de Rafe la quemó.

–Lo peor es que tengo que esperar a que acabe este recital para ir a casa y arrancarte ese maldito vestido.

Capítulo 10

SIENNA jadeó. Rafe la deseaba. Ésa había sido su estrategia. Rafe tenía que desearla. Pero su plan dependía de que ella mantuviera el control y no estaba segura de no perderse en la magia que él creaba a su alrededor.

El recital le pareció interminable. Por fin, tras la prolongada despedida, se subieron al coche y realizaron el trayecto hasta el palacio en un silencio agonizante.

Una vez dentro de los muros del palacio, Rafe, tomándole la mano, la atrajo hacia sí.

–¿Por qué has venido a mí esta noche vestida así? ¿Qué te has propuesto?

–¿Quién ha dicho que me haya propuesto algo? –dijo ella, temerosa de que Rafe hubiera adivinado su plan.

Rafe esbozó una maliciosa sonrisa.

–Tienes que querer algo para haberte vestido así, de una forma que te hace parecer tanto una virgen como una seductora.

Sienna se dio cuenta entonces de que Rafe no había adivinado su plan, que sólo sentía el deseo que ella había esperado que sintiera, un deseo que era lo único que podía utilizar para provecho propio.

–¿Cuál de las dos eres, la virgen o la mujer seductora?

Era más fácil representar el papel que se había asignado a sí misma, por lo que apoyó su cuerpo en el de Rafe.

–Sabes perfectamente que no soy virgen.

–En ese caso, ¿qué es lo que quieres?

–Hace mucho tiempo ya –le dijo insinuándose con las caderas–. Te deseo. Quiero que me hagas el amor.

El brillo de los ojos de Rafe reflejó victoria y pasión, y Sienna no tuvo que esperar. Rafe le cubrió la boca con la suya en un instante; después, la tomó en sus brazos, como si no pesara nada, y subió las escaleras. Y sintiéndose flotar, lo único que ella quería en ese momento era que él satisficiera su desesperado deseo.

–Dios mío, me estás volviendo loco –murmuró Rafe mientras ascendía la escalinata.

Una vez dentro de la habitación de Rafe, éste, poniéndola de pie, la apretó contra la puerta y le subió la falda del vestido. Le puso una mano en las nalgas y se las apretó, y ella jadeó junto a su boca. Con la otra mano, le cubrió un seno antes de apoderarse de él con la boca.

Sienna empezó a tirarle de la ropa y lo obligó a besarla en la boca. Quería sentir más, nada podía satisfacerle…

Rafe le separó las piernas, acarició el centro de

su deseo y gimió junto a su boca. Las íntimas caricias la llevaron a punto de estallar y, con desesperación, se agitó mientras él la acariciaba, la penetraba con los dedos…

Sienna apoyó la cabeza en la puerta. Quería más. Lo necesitaba dentro.

Como si le hubiera leído el pensamiento, oyó el ruido de la cremallera de los pantalones de Rafe y, al momento, éste la alzó y la penetró.

Algo maravilloso la consumió, igual que ella lo estaba consumiendo a él, dejando que la llenara, deseando que nunca se separaran. Entonces, Rafe se movió dentro de su cuerpo, el contacto ardiente; y antes de poder retenerlo, Rafe salió de ella, su respiración trabajosa. Pero, al momento, volvió a penetrarla, mejor y más profundamente que antes, el contacto más fuerte, la unión más intensa, más frenética…

Sienna sintió que el orgasmo le llegaba inevitablemente, y sintió que a él le ocurría lo mismo. Lo oyó gritar con un último movimiento explosivo e, incapaz de resistirlo por más tiempo, lo alcanzó al instante, sus sentidos estallando como si el mundo no fuera más que una vorágine de sensaciones, colores y diminutos fragmentos de luz.

Rafe fue el primero en recuperarse y la llevó a la cama en brazos. La depositó encima del colchón casi con reverencia, besándole la frente, antes de volverse para quitarse la chaqueta, la corbata y los zapatos.

Sienna salió de su estupor, lo miró y absorbió la

morena belleza y la elegancia de movimientos de ese hombre, tanto vestido como desnudo. Y, de repente, tuvo el presentimiento de que se avecinaban problemas.

El sexo era maravilloso con él, pero… algo no iba bien. Lo sentía en lo más profundo de su ser.

Rafe se volvió mientras se desabrochaba la camisa y, al notar su expresión, le preguntó:

–¿Te pasa algo?

–No, nada, estoy bien –mintió Sienna luchando por controlar su intranquilidad.

–¿Te he hecho daño? –insistió Rafe.

Distraída por la repentina preocupación que advirtió en la voz de Rafe, Sienna asintió y negó con la cabeza al mismo tiempo.

–No. Sí. No, no me has hecho daño –dijo sentándose en la cama con las piernas dobladas y los brazos alrededor–. Últimamente estoy bastante bien, no me dan náuseas si tengo cuidado con la alimentación.

Lo que era verdad.

Rafe se quitó la camisa, la dejó caer en el suelo y dejó al descubierto sus gloriosos pectorales, la anchura de sus hombros y el sendero de vello que desaparecía bajo la cinturilla de los pantalones.

–Siento si he sido demasiado impetuoso. Esta vez nos lo tomaremos con más calma.

–¿Esta vez? –repitió ella.

Rafe sonrió.

–Durante el recital te dije que estaba deseando quitarte el vestido y no he cambiado de idea.

Sienna tragó saliva mientras él se quitaba los pantalones. Absorta, le vio quitarse los negros y ajustados calzoncillos. Y se quedó sin respiración cuando él se acercó. Claro que una vez no era suficiente, como se lo había demostrado la noche que pasaron juntos.

Rafe puso una rodilla en la cama y, tomándole un pie, se lo levantó. Con destreza, le desabrochó la tira del zapato, lo tiró al suelo y empezó a acariciarle el talón.

Sienna lanzó un gemido de placer.

El otro zapato siguió el camino del primero y Rafe le acarició la planta del pie, haciéndola arquearse y suspirar.

–Te gusta, ¿eh? –le preguntó viéndola pasarse la lengua por los labios.

–Es… agradable.

–¿Agradable sólo? ¿Y esto, te gusta? –Rafe le acarició la pantorrilla con las uñas. Pronto, su mano desapareció bajo un mar de verde seda, acariciándole los muslos cada vez más arriba.

–Esto está muy bien –concedió Sienna–, aunque no puedo evitar sentirme con exceso de ropa.

Rafe lanzó una carcajada gutural y las vibraciones de su voz fueron suficientes para encenderle la pasión. Extendió una mano y le abrió el broche del cuerpo del vestido. Instintivamente, Sienna levantó una mano para evitar que el vestido cayera, pero Rafe le sujetó el brazo y el tejido se le bajó a la cintura, exponiendo sus senos a su oscura mirada.

–Dios mío, qué hermosa eres –murmuró él antes de cubrirle los pechos y empezar a acariciarle los pezones con los pulgares; después, bajó la cabeza y se metió una de las rosadas crestas en la boca.

Un inmenso placer recorrió el cuerpo de Sienna hasta el lugar que él ya había llenado y que anhelaba volver a llenarse. Rafe hizo magia con sus pechos antes de alzar la cabeza y consumirla con un beso perfecto.

Sienna sintió una mano en las nalgas, se maravilló de la habilidad de él para encontrar la cremallera invisible y sintió la fresca brisa en la piel cuando le bajó el vestido por las caderas.

Fue a quitarse los guantes de satín, pero él la detuvo.

–No, déjatelos puestos. Estás exquisita así.

Sienna quería creerlo, aunque el maquillaje debía de habérsele corrido y el moño se le había deshecho. No obstante, Rafe la hacía sentirse totalmente seductora.

–¿No estás enfadado…? –se interrumpió al sentir la lengua de Rafe acariciándole el ombligo eróticamente–. ¿No estás enfadado de que haya ido a buscarte esta noche?

Rafe alzó la cabeza ligeramente y sonrió.

–¿Te parece que estoy enfadado? –preguntó él, antes de poseer uno de esos pechos perfectos con la boca.

Sienna se arqueó y su respiración se tornó más dificultosa.

Entonces, de súbito, Rafe se adentró en ella con un fluido movimiento.

Los dedos enguantados de Sienna se enterraron en los cabellos de él y después le acariciaron la espalda. Lo abrazó con las piernas, instándolo a profundizar en su penetración…

Esta vez fue más lento y menos frenético, pero cuando Sienna alcanzó el orgasmo, fue una fuerza natural diferente la que la sobrecogió mientras se aferraba a él con todas sus fuerzas.

Sintió algo diferente también, algo que la dejó confusa.

Transcurrieron unos minutos mientras se calmaban y recuperaban la respiración.

Por fin, Rafe se sentó en la cama, agarró una jarra de la mesilla de noche y llenó un vaso de agua, y ni en un solo momento apartó los ojos de ella. Era ridículo sentir timidez después de lo que habían hecho y compartido, pero así fue como Sienna se sintió. Entonces, Rafe le pasó el vaso de agua y ella lo aceptó, dándose cuenta de que su sed era mayor que su timidez.

–Mañana voy a hablar con Sebastiano para pedirle que me deje libre uno o dos días –dijo él.

Sienna parpadeó.

–¿Por qué?

–He trabajado demasiado últimamente. Además, tenemos mucho que hacer.

Rafe se levantó de la cama y, completamente desinhibido respecto a su desnudez, abrió el armario. «¿Y por qué no, cuando tienes un cuerpo digno de ser esculpido en mármol?», pensó Sienna, sin apartar los ojos de él.

Rafe sacó una bata blanca del armario, se la puso y sacó otra bata color dorado que le dio a ella.

Sienna se la pegó al pecho.

–¿Qué es lo que quieres que hagamos?

–Una vez que publiquen la noticia de nuestra boda, las entrevistas nos van a quitar mucho tiempo. Así que antes me gustaría que vieras cosas que aún no has visto; como, por ejemplo, la parte sur de la isla. También podríamos hacer un crucero alrededor de la isla. Y… ¿te gustaría ver de cerca la Pirámide de Iseo?

–Suena muy bien –respondió Sienna.

Rafe le ofreció una mano y ella la tomó.

–Tengo que hablar con Sebastiano. ¿Por qué no te das una ducha mientras tanto? Volveré enseguida.

Capítulo 11

SIENNA no sabía qué pensaría Sebastiano respecto al cambio de planes, pero Rafe lo había conseguido, había convencido a Sebastiano de que otro día de reuniones podía esperar. Y fue maravilloso.

En el Alfa Romeo, con la capota bajada, habían descendido la montaña. En el puerto, habían dejado el coche y se habían subido a un yate que iba a llevarlos alrededor de la isla. El yate parecía un palacio flotante, pensó Sienna durante el viaje. La madera de caoba contrastaba con el cobre amarillo, y el resto parecía lleno de espejos y focos de luz. La suite principal era un sueño.

¿Cómo sería hacer el amor en un palacio flotante?, se preguntó con la esperanza de descubrirlo pronto.

Estaba en cubierta, con Rafe a su lado, el brazo de él sobre sus hombros, surcando el mar azul y el viento en el rostro. Con los pantalones cortos, el cuello de la camisa desabrochado y el cabello revuelto, Rafe tenía un aspecto magnífico; su piel oliva brillaba bajo el sol, sus dientes blancos relucían. Nunca lo había visto tan relajado.

–¿Lo estás pasando bien?

Sienna volvió la cabeza hacia él.

–Sí, gracias –respondió, consciente de que, pasara lo que pasase, no olvidaría nunca esos momentos–. Es maravilloso.

El barco se dirigió hacia la roca llamada la Pirámide de Iseo. Por fin, sin acercarse demasiado, el capitán del barco aminoró la velocidad y comenzó a rodear la inmensa roca que se levantaba majestuosamente del agua y parecía querer alcanzar el cielo.

–Desgraciadamente, no podemos acercarnos más –le dijo Rafe.

Sienna, fijándose, se dio cuenta de por qué. Bajo la superficie del agua había rocas y más rocas, lo que impedía aproximarse. Ahora comprendía por qué aquella roca había causado tantas víctimas a lo largo de los años. Pasar por allí en medio de una tormenta debía de ser un infierno.

–¿Dónde vive la Bestia cuando no está buscando víctimas de naufragios?

–¿La Bestia de Iseo? Está durmiendo en el fondo del mar, digiriendo los contenidos del último barco que haya naufragado.

–Esa bestia debe de estar hambrienta, teniendo en cuenta que nadie navega las noches que no hay luna.

Rafe la miró; aunque las gafas de sol ocultaban sus ojos, sus labios sonreían.

–No se me había ocurrido pensar en ello. ¿Crees que deberíamos ofrecer un sacrificio de vez en cuando con el fin de impulsar el comercio de Montvelatte con los países vecinos?

–Por supuesto. Lo único que te pido es que la sacrificada sea virgen; así, no tendré de qué preocuparme.

Rafe se echó a reír y el sonido de esa risa le produjo oleadas de placer. Se preguntó por qué no era siempre así. Sabía que a Rafe le gustaba estar con ella, debía de sentir algo por ella; de lo contrario, no habría cancelado los compromisos que tenía ese día con el fin de que pudieran pasar el día juntos. No se trataba sólo de sexo porque, de haber sido sólo eso, no habría salido de la habitación aquella mañana.

Al cabo de un rato, el yate se alejó del islote rocoso y puso rumbo a Montvelatte. En la cubierta, Sienna oyó mencionar la posibilidad de que hubiera una tormenta de verano, pero no dio crédito al comentario. El cielo estaba sin una nube, lo que le recordó los años que había pasado con su madre en Australia. Le había encantado la sensación de espacio de aquel lugar; sobre todo, después de pasar tanto tiempo en un diminuto velero y también en el colegio de Gibraltar. Para ella, Australia había significado espacio; Montvelatte, esa isla mediterránea, también le producía sensación de espacio con su infinito cielo azul.

Una ráfaga de viento le revolvió el cabello. Sienna, riendo, alzó las manos para recogérselo, pero Rafe se las tomó y la obligó a bajarlas.

–Déjalo como está. Me gusta tu pelo tal y como es –le dijo besándole la frente.

Y entonces, le puso la mano en la barbilla, se la

alzó y, al besarla, la verdad la sacudió con fuerza bestial.

«No, por favor...», pensó Sienna presa de un súbito pánico.

«¡No, eso no!».

Mientras la boca de Rafe se movía en la suya, la verdad se negó a seguir siendo ignorada.

Lo amaba.

Atónita, Sienna se apartó de él; y cuando Rafe la siguió, ella puso la excusa de estar algo mareada. Rafe la creyó también cuando le dijo que le había dado un ataque de náuseas.

No podía ser, no podía haberse enamorado de él.

Ahí, aferrada a los raíles del barco, un sudor frío le cubrió la frente. Se sintió mareada de verdad. Respiró profundamente para contener las náuseas... y poco a poco comenzó a tranquilizarse.

Odiaba sentirse mal. Odiaba sentirse vulnerable.

Sintió la mano de Rafe en la espalda, en los hombros.

–Toma –le dijo Rafe. Y ella, agradecida, bebió el fresco líquido del vaso que él sujetaba–. Voy a decirle al capitán que llame al médico por radio. Que nos vaya a esperar al puerto.

Sienna apartó el vaso.

–¡No necesito un médico!

–No estás bien. Necesitas que te vea el médico.

–Lo que necesito es un psiquiatra –contestó ella airada, preguntándose por qué se le había ocurrido enamorarse de ese hombre–. Y deja de preocuparte por tus futuros herederos, que es lo único que realmente te preocupa. Te aseguro que están bien.

Rafe la miró en silencio durante unos segundos.

–¿Qué es lo que te pasa?

–Que sólo hace falta que yo estornude para que tú quieras que me vea el médico.

–Me preocupa tu salud. ¿Qué tiene eso de malo?

–¡A ti te importa un bledo mi salud! ¡Sólo me consideras la incubadora de tus hijos!

–Estás diciendo tonterías –Rafe se dio la vuelta e hizo un gesto al capitán, que había esperado pacientemente instrucciones. Al momento, el capitán aumentó las revoluciones del motor rumbo al puerto–. ¿A qué viene esto de qué es lo más importante para mí? Sabes perfectamente que, para el futuro de Montvelatte, es fundamental tener herederos al trono.

–Lo único que estoy haciendo es constatar un hecho. Jamás habrías pensado en casarte conmigo de no ser por haberme dejado embarazada.

–¿Y cuál es el problema?

–El motivo exclusivo de este matrimonio son los niños. Nada más. No estaría aquí si no fuera por ellos.

Rafe se llevó las manos a la cabeza con gesto irritado.

–Ya hemos hablado de todo esto –dijo con impaciencia–. Los dos sabemos por qué nos vamos a casar. Lo que no significa que no podamos pasarlo bien juntos y lo sabes perfectamente.

–Sí, claro, lo pasamos muy bien en la cama. ¡Pero eso no es base para un matrimonio!

–Al margen del hecho de compartir unos hijos, ser compatibles en la cama es más de lo que hay entre muchas parejas.

–Y menos de lo que hay en otras.

–Yo me conformo con el sexo.

Sienna lanzó un bufido.

–Esperaba que dijeras eso. ¿Y qué pasará cuando dejemos de pasarlo bien en la cama? ¿Qué pasará cuando tú te hartes de mí o yo de ti? ¿Qué pasará entonces?

–En ese caso, dormiremos en camas separadas. ¿Es eso lo que querías oír? –Rafe apartó la mirada de ella y volvió a pasarse una mano por el cabello–. ¿A qué viene esto? ¿Qué quieres demostrar?

Sienna clavó los ojos en el mar y sacudió la cabeza.

–No quiero un matrimonio basado en que yo me convierta en una máquina de parir.

–¿No te estás poniendo ligeramente melodramática?

–No. Tú necesitas un heredero, ¿qué pasará si los bebés son dos niñas? Una mujer no puede ser príncipe. Una mujer no resolvería el problema de Montvelatte. Necesitas que te dé un varón.

–Serán niños, lo sé.

–¿Cómo puedes saberlo?, tan pronto no se puede saber. ¿Y qué pasará si estás equivocado y son dos niñas, qué tendré que hacer? Tendré que seguir pariendo hasta que tú consigas un heredero y otro de repuesto, ¿verdad? Y no sé si será suficiente con dos, teniendo en cuenta lo que ha ocurrido con tus hermanos. Puede que dos varones no sean suficientes. Así que no finjas y no digas que no esperas que me convierta en una máquina de parir.

–¡Basta! –Rafe, con expresión amenazante, se le acercó–. ¿Y tú, vas a intentar hacerme creer que no lo pasas bien conmigo en la cama? ¿Quién te obligó a vestirte como una vampiresa y a desfilar delante de la clase alta de Montvelatte como una prostituta cara oliendo a animal en celo…?

Una bofetada lo hizo callar.

–¡Desgraciado! ¡Yo no soy una prostituta!

Rafe se llevó la mano a la mejilla sin apartar los ojos de ella.

–Sólo estoy intentando sacar lo más posible de la situación.

–¡Querrás decir aprovecharte de ella!

–¡Que es mejor que esconder la cabeza y no reconocer los hechos! ¿No te parece que va siendo hora de enfrentarte a ellos? Estás embarazada. Llevas dentro a *mis* mellizos. ¿Qué otra cosa puedes hacer?

–No lo sé. Lo que sí sé es que podrías haberme pedido que me casara contigo en vez de ordenármelo.

–¿Y habrías dicho que sí?

–Ni loca.

–En ese caso, me alegro de no habértelo pedido.

Capítulo 12

SEBASTIANO estaba esperándolos en el muelle con el ceño arrugado.

–¿Qué pasa? –le preguntó Rafe inmediatamente.

–La princesa Marietta ha llegado. Está esperando en el palacio.

–¿Marietta está aquí? ¿Ya? Yo iré en el Alfa, Sebastiano. Usted lleve a la señorita Wainwright y conduzca despacio. No se encuentra muy bien.

Al instante, Rafe desapareció.

–¿No se encuentra bien, señorita Wainwright? –le preguntó Sebastiano mirándola con detenimiento.

–No se preocupe, estoy bien –respondió ella–. Rafe se preocupa demasiado.

–El príncipe Raphael hace años que no ve a su hermana, tienen mucho que contarse.

–Qué suerte tiene Marietta –fue lo único que Sienna pudo responder.

Rafe paró el coche en el patio de la entrada principal del palacio y estaba saliendo del vehículo cuando oyó el grito de alegría de su hermana pequeña. Alzó el rostro y la vio bajar corriendo las escaleras, y se preguntó cómo era que su hermana se había convertido en una mujer tan hermosa, una versión en joven de su madre: rubia y preciosa.

¿Cuántos años hacía que no se veían? Fueran los que fuesen, demasiados.

–¡Raphael! –gritó Marietta lanzándose a sus brazos. La pequeña Marietta, la princesita. Aunque ahora se le notaba el acento de Nueva Zelanda–. Siento haberme perdido tu coronación.

–No te preocupes, no te perdiste gran cosa. Por cierto, creía que no ibas a venir hasta justo antes de la boda.

–He acabado un diseño con antelación y se me ocurrió venir antes de lanzarme a otro proyecto. Espero que no te moleste. Tenía muchas ganas de verte –Marietta le besó ambas mejillas y luego se apartó para mirarlo burlonamente–. ¿Tengo que llamarte príncipe Raphael?

Rafe volvió a abrazarla, le hizo girar una vuelta completa y volvió a besarla.

–Sólo si me dejas que te llame princesa.

–Siempre me has llamado princesa –dijo ella con una carcajada–. Quién habría imaginado que un día llegaría a ser una princesa de verdad.

Marietta miró hacia el palacio y añadió:

–Me ha encantado pasearme por este sitio. Sólo lo había visto en fotografías.

Rafe la llevó a la biblioteca, donde les habían dejado preparado un café.

Marietta aceptó la taza que su hermano le ofrecía, se quitó los zapatos y se sentó en el sillón con las piernas subidas.

–Es increíble lo de nuestro padre –comenzó a decir–. Jamás le importamos, nunca pensó en nosotros, pero creo que quería a sus otros dos hijos. ¿Cómo pudieron hacerle eso a su propio padre? –miró a Rafe fijamente–. ¿Has visto a Carlo y a Roberto?

Rafe se recostó en el respaldo del asiento y estiró las piernas.

–He ido a visitarlos una vez a la cárcel.

–¿Y?

–No ha cambiado nada, me siguen odiando.

Marietta parpadeó. Después, sonrió y adoptó una expresión de disculpa.

–No sé por qué he sacado este tema a relucir. Lo importante es que vas a casarte. Increíble, ¿verdad?

–¿Por qué te parece increíble? Tengo treinta y tres años. Ya es hora de que siente la cabeza, ¿no?

Marietta se echó a reír y dejó la taza.

–Porque siempre dijiste que jamás te casarías.

Rafe apartó la mirada y se preguntó por qué no había oído la llegada de Sebastiano y Sienna.

–¿Dónde está?

–¿Qué?

–Tu novia. ¿Dónde está? ¿Cuándo vas a presentármela?

–Ah –Rafe sacudió la cabeza–. Pronto. Me gustaría que fueras una de sus damas de honor. Es una suerte que hayas adelantado el viaje.

–Eso era lo que me figuraba –Marietta bebió otro sorbo de café–. ¿Alguien que yo conozca en la boda?

–Puede que sólo Yannis. Por supuesto, le he pedido que sea mi testigo.

Algo ensombreció los ojos de Marietta, algo que él no comprendió; pero casi al instante, su hermana volvió a mirarla y esbozó una de esas sonrisas luminosas tan propias de ella.

–Claro, por supuesto. En serio, es increíble, nunca hasta ahora te he visto con la misma mujer más de un mes seguido. Debe de ser muy especial.

–Lo es –respondió Rafe, sorprendiéndose a sí mismo–. Pronto la conocerás.

–¿Es guapa?

–Es perfecta para ser la princesa de Montvelatte –al momento, Rafe se dio cuenta de lo inadecuado de su contestación.

Marietta lo miró prolongada y calculadoramente.

–Pero la quieres, ¿no?

Sienna sabía que había destruido la camaradería que había habido entre Rafe y ella. Y todo porque, en un momento, se había dado cuenta de que lo amaba.

Y creía que él podría llegar a amarla.

Pero tenía que estar segura de ello.

Cuando llegaron al palacio, vio el coche de Rafe en la entrada; sin embargo, otra cosa fue lo que le llamó la atención. El helicóptero estaba en el punto de despegue con los colores azul marino y blanco de la empresa para la que había trabajado. Verlo le abrió las heridas de la pérdida reciente de su estilo de vida.

Sebastiano le abrió la puerta del coche y, al ver la dirección de su mirada, se apresuró a explicar:

–La princesa Marietta ha llegado hace dos horas. Creo que el piloto está esperando a que le lleven algo antes de marcharse.

–¿Quién es el piloto? ¿Lo sabe?

–Lo preguntaré y se lo diré –respondió Sebastiano–. Pero ahora, si es tan amable... A la princesa Marietta le gustaría conocerla.

Al salir del coche, una ráfaga de viento la sacudió. Quizá fuera cierto que se estuviera avecinando una tormenta.

Después, con una última mirada al helicóptero, Sienna siguió a Sebastiano al interior del palacio.

Oyó voces procedentes de la biblioteca, la de Rafe y la de una mujer con una risa contagiosa. Al instante, a Sienna le gustó la hermana de Rafe, a pesar de no haberla visto nunca. Sería agradable que hubiera otra mujer, una mujer con la que poder hablar.

Estaba a punto de entrar cuando oyó:

–Pero la quieres, ¿no?

Sienna, conteniendo la respiración se detuvo al lado de la puerta. Sólo podían estar hablando de una persona.

–¿Sabías que estaba embarazada?

Era consciente de que no podía quedarse allí,

escuchándolos a escondidas, toda la vida. Tenía que entrar en la estancia, saludar a la hermana de Rafe y hacer como si no pasara nada. Cuando todo era un desastre.

–Hermanito, cualquiera diría que estás evitando contestar. ¿La quieres?

Rafe se levantó del sillón, se acercó a la ventana, notó el oscurecimiento del cielo y frunció el ceño al ver el coche aparcado junto al suyo. ¿Dónde estaba Sienna?

Entonces, se volvió de nuevo hacia su hermana.

–Siempre has sido una romántica empedernida, Marietta.

–Y tú un cínico.

–¡Y con razón!

Marietta se levantó y se reunió con él en la ventana antes de ponerle una mano en el brazo.

–Raphael, a ti no tiene por qué pasarte lo que le pasó a mamá.

–Y no permitiré que me pase. Sienna será la esposa perfecta.

«Una vez que logre controlar sus cambios hormonales».

–¿Sin amor?

–Nos llevamos bien.

«Aunque, a juzgar por lo de hoy, podríamos llevarnos mejor».

–Dime, ¿significa esto que vas a casarte con una mujer a la que has dejado embarazada de mellizos y de la que se espera que viva en esta jaula de oro, pero a la que no amas?

–Así es más fácil –respondió Rafe, volviendo la mirada de nuevo hacia la Pirámide de Iseo.

–¿Y qué va a sacar ella de todo esto?

–Ser princesa. ¿No es el sueño de toda mujer? Era tu sueño.

Marietta asintió.

–Pero mi padre era un príncipe, así que es diferente. Pero y Sienna, ¿se conforma con eso?

–Se conformará.

–¿Está enamorada de ti?

–¡Claro que no!

–Menos mal.

–¿Qué quieres decir?

–Quiero decir, hermanito, que nuestra madre adoraba a nuestro padre y él, sin embargo, fue incapaz de amarla. Mamá murió sintiéndose sola y amargada. Así que, si le tienes cariño a esa mujer, no permitas que le ocurra lo mismo que a mamá.

Rafe tuvo problemas para contestar.

–No lo permitiré.

Rafe la encontró en su dormitorio, recién duchada y recogiendo las toallas húmedas que había utilizado para secarse. Incluso con vaqueros, camiseta y cola de caballo, estaba irresistible.

–Marietta estaba esperando conocerte –le dijo suponiendo que Sienna aún estaba enfadada.

–Lo siento, tenía que asearme. ¿Se va a quedar aquí?

Rafe asintió, mirándola detenidamente, tratando de adivinar en algún gesto de ella la sugerencia de Marietta respecto a la posibilidad de que se hubiera enamorado de él.

–Va a cenar con nosotros.

–Bien –respondió ella, dirigiéndose hacia el cuarto de baño con las toallas.

–Sienna…

–¿Qué?

–Deja las toallas, ya vendrán a recogerlas.

–Puedo colgarlas a secar yo misma, no es problema.

Rafe la siguió al cuarto de baño.

–Oye, Sienna, sé que no debería haber dicho lo que dije en el barco.

Ella colgó una toalla en el toallero sin mirarlo.

–¿A qué te refieres exactamente?

–A lo de la prostituta cara –respondió Rafe llevándose una mano a la nuca–. Jamás debería haberlo dicho.

Sienna colgó otra toalla.

–No sé, pero a mí lo de «animal en celo» también me ha parecido igualmente ofensivo.

Sienna se apartó de las toallas, pasó por delante de él y volvió al dormitorio. Se sentó en la cama y se quitó las sandalias.

–Estaba enfadado.

–Ya, pero eso no es disculpa. No pasa nada si es a ti a quien le apetece meterse en la cama conmigo;

pero si lo digo yo, soy una cualquiera –Sienna se puso en pie–. Es una hipocresía, ¿no te parece?

–Lo siento de verdad. He sacado los pies del tiesto.

–Sí, así es. Y ahora, si me disculpas…

–¿Adónde vas?

–A dar un paseo. Necesito que me dé un poco el aire.

–Se está levantando el viento. No vayas por el sendero de los acantilados.

Sienna esbozó una sonrisa irónica.

–Ni se me ocurriría.

–Y Sienna…

–¿Sí? –dijo ella, volviéndose delante de la puerta.

–Marietta está preocupada por ti.

–¿Por qué?

–Por nuestra relación.

Rafe se dio cuenta de que había despertado el interés de Sienna, que se volvió y se le acercó.

–Cuéntame.

–Nuestro matrimonio no va a ser un matrimonio normal.

Sienna lanzó una burlona carcajada.

–¿Crees que no me había dado cuenta? Lo que no entiendo es por qué Marietta se preocupa por mí si ni siquiera me conoce.

–Por lo que le pasó a mi madre.

Rafe respiró profundamente y clavó los ojos en el techo; y ella esperó, debatiéndose entre huir de allí para protegerse emocionalmente o quedarse para oír lo que él parecía a punto de decir. Hablar de sus miedos y sus traumas, hablar de su familia y de las razones por las que era como era... ¿lo haría si no sintiera nada por ella? No quería albergar falsas esperanzas, pero tampoco quería vivir sin esperanza. ¿Acaso Marietta le había hecho ver algo que no había visto por sí mismo?

–La primera esposa de mi padre murió de repente y él se quedó solo para criar a sus hijos –comenzó a decir Rafe.

–Carlo y Roberto –susurró Sienna, y él asintió.

–Al principio, lo pasó muy mal, tanto por la pérdida de su mujer como por la responsabilidad de criar a sus hijos. A mi madre la contrataron como niñera, y era muy hermosa. Cuando conozcas a Marietta comprenderás lo que digo, se parece mucho a mi madre. Mi madre destacaba mucho. Y mi padre, aunque aún lloraba la pérdida de su mujer, se encaprichó con mi madre y la sedujo, aunque sólo quería ahogar sus penas en ella. Sin embargo, mi madre se enamoró de él.

Rafe se interrumpió un momento y suspiró antes de continuar.

–Mi madre se quedó embarazada y mi padre la sacó del palacio, aunque seguía yendo a verla. Y mi madre jamás lo rechazó. Creo que, en el fondo, creía que acabaría casándose con ella. En fin, mi madre volvió a quedarse embarazada y mi padre se buscó otra amante más joven y con menos responsabilidades, y acabó abandonando a mi madre. Le ofreció una pensión vitalicia a cambio de que saliera de la isla y no regresara nunca. Y mi madre se marchó.

Se hizo un espeso y prolongado silencio.

–¿Por qué me has contado esto? –preguntó Sienna por fin.

–Para que seas consciente de los riesgos.

–¿Qué riesgos? Sigo sin entenderlo. ¿Qué tiene tu madre que ver conmigo?

–Mi madre se enamoró de un hombre incapaz de amarla a ella. Sólo quería advertirte que no hagas tú lo mismo.

Capítulo 13

DE REPENTE, el viento rugió y se oyó el golpeteo de una contraventana en la fachada. Pero dentro de la habitación, a Sienna se le helaron la sangre y el corazón.

–¿Estás diciéndome que no me enamore de ti?

Rafe asintió.

–Porque tú no me quieres.

–Porque no puedo amarte. No puedo amar a nadie.

Sienna sacudió la cabeza. Todo era demasiado injusto.

–Eso es imposible que lo sepas.

–Sé lo mucho que mi madre sufrió y sé que jamás me arriesgaré a que a mí me ocurra lo mismo.

–Ya. Y estás intentando decirme que la única forma de que este matrimonio funcione es no enamorándonos.

Rafe alzó las manos.

–Lo que no significa que no podamos tener un buen matrimonio.

Sienna dio un paso hacia la puerta mientras en la cabeza le resonaban los ruegos de su madre a su padre para que no los dejara, y los gritos de su padre a su madre diciéndole que nunca la había querido. Y ése iba a ser su futuro con Rafe si se casaba con él. Ya lo había perdido.

–No.

Rafe empequeñeció los ojos.

–¿Qué quieres decir con eso de «no»?

–Que no voy a casarme contigo en esos términos. Jamás podría casarme con un hombre que no me amara… que fuera incapaz de amarme. ¿Es que no lo entiendes? A mi madre le pasó lo mismo que a la tuya. Mi madre quería a mi padre con todo su corazón, y él la destrozó. Y nada, ni siquiera su hija, que había sido el motivo de que se casaran, fue suficiente para unirlos.

Sienna suspiró y continuó:

–Hace años me prometí a mí misma que nunca me casaría con un hombre por un embarazo; sobre todo, si ese hombre no me quisiera –lo miró fijamente a los ojos–. Había empezado a pensar que podría funcionar. Pero no, ya veo que eso es imposible.

Sienna se miró el reloj y se maldijo a sí misma por haberse retrasado tanto. El piloto, su viejo compañero de trabajo, ya se habría ido. Pero ni eso tenía importancia en esos momentos. Necesitaba salir de allí, necesitaba soledad para recuperarse de tanta injusticia y tanto dolor.

Extendió la mano y abrió la puerta.

–Supongo que ha sido una suerte que hayamos tenido esta conversación ahora, antes de pasar por esa farsa de la boda.

La puerta se cerró de golpe, Rafe la mantuvo cerrada con la mano.

–¿Qué demonios estás diciendo?

Sienna alzó el rostro y se lo quedó mirando. Rafe creía que iban a casarse. ¿Cómo iba a hacerle darse cuenta de que ella no podía casarse sin amor?

–¿Qué esperas? No me das muchas alternativas. Con niños o sin ellos, no puedo casarme contigo, Rafe. No puedo vivir aquí con un hombre que no puede amar. No voy a hacer lo mismo que mi madre.

–¿Y quién te está pidiendo que lo hagas? Tú misma has dicho que tu madre quería a tu padre. No tiene que ocurrirnos lo mismo a nosotros. Justamente eso era lo que trataba de decirte.

Sienna se echó a reír inesperadamente; al momento, sintió las lágrimas aflorarle a los ojos.

–Justamente, ése es el problema, Rafe. Es demasiado tarde. Porque yo… te amo.

Rafe no podría describir con palabras lo que sentía en esos momentos. Sienna no podía haber hablado en serio. No era posible.

«¡Dios mío!».

Rafe se dio media vuelta y se llevó las manos a las sienes, tratando de comprender, buscando alguna explicación. Era lo que menos deseaba en el mundo. Era lo peor que podía ocurrirle.

–No te creo.

«No quiero creerte».

–¿Crees que, en estos momentos, me importa que me creas?

–Pero has dicho que me amas.

–¿Y crees que quiero amarte? ¿Crees que quería enamorarme de un hombre que prácticamente quería obligarme a casarme, a patadas de ser necesario, tanto si me gustaba como si no? ¿Crees que soy masoquista?

Rafe no podía contestar. No sabía qué decir. Lo único que sabía era que ese matrimonio tan conveniente para él se le estaba escapando de las manos y corría el peligro de acabar en desastre.

Un desastre que había tratado de evitar desde niño.

«No pierdas el tiempo con el amor».

«No entregues tu corazón».

Al mirarla, vio en sus ojos preguntas que sabía que no podía contestar. Un inexplicable dolor se apoderó de él. Y no sabía cómo deshacerse de ese sentimiento.

–Debes marcharte –dijo Rafe en un ronco susurro–. ¡Vete antes de que sea demasiado tarde!

–Rafe… –Sienna le tendió una mano–. No tiene por qué ser así. ¿No podríamos hablar de esto con calma? Tiene que haber una salida…

–¡No hay salida!

–Pero tus niños... No estás pensando con lógica.

–¡Mándame el que nazca primero! –gritó Rafe–. Tú puedes quedarte con el otro.

Sienna se echó hacia atrás como si hubiera recibido un golpe.

–Rafe… Lo siento.

–¡No, no lo sientes!

–Rafe, escúchame, te quiero.

–¡Y yo, por última vez, te digo que no quiero tu amor! Márchate. ¡Vete! No quiero volver a verte en mi vida.

Llorando, Sienna salió del palacio. Fuera, el viento le revolvió el cabello bajo un cielo casi negro. Su único escape la esperaba.

Llegó al helicóptero justo cuando las hélices empezaron a girar.

El piloto, Randall, sonrió al verla antes de abrir la puerta.

–¡Hola, cuánto tiempo sin verte! –dijo Randall con su acento americano–. No sabía que ibas a venir. ¿Qué pasa?

Sienna hizo un esfuerzo por sonreír mientras se secaba las lágrimas de las mejillas.

–Ya te lo contaré luego. Sácame de aquí ahora mismo.

–Me encanta que las mujeres me digan lo que tengo que hacer –el piloto sonrió traviesamente y, cuando Sienna ocupó el asiento del copiloto, levantó el helicóptero del suelo–. Me has pillado por poco. De haber tenido que esperar unos minutos más, no habría podido despegar. Este tiempo…

Sienna asintió.

–Te echábamos de menos en la empresa. ¿Has estado de vacaciones?

–Es una forma de decirlo.

Randall echó una mirada hacia atrás.

–No llevas equipaje.

–Ha habido un repentino cambio de planes.

–Según los rumores, parecía que ibas a quedarte en Montvelatte.

–Se avecina una tormenta seria –dijo ella, señalando el exterior.

Sienna se recostó en su asiento y soltó una bocanada de aire. A la izquierda, la Pirámide de Iseo dominaba las aguas como un moreno príncipe en un mar oscuro. Tembló. No tenía miedo de la roca porque la verdadera Bestia de Iseo se había quedado atrás, en el palacio.

No oyó, sintió algo extraño en el helicóptero, algo que un pasajero no habría notado pero sí un piloto con experiencia. Miró a Randall y luego, al mismo tiempo que su compañero, a los controles.

–¿Qué pasa? –preguntó ella.

–No lo sé… ¡Maldita sea! No sé qué pasa, pero vamos a tener que dar la vuelta y regresar a Montvelatte.

A Sienna se le encogió el corazón. ¿Cómo iba a volver a la isla? ¿Cómo podía arriesgarse a volver a ver al hombre que la había echado de su lado para siempre porque ella había cometido la tontería de enamorarse de él? Pero, en esos momentos, no quedaba otra alternativa.

Entonces, un rayo partió el cielo en dos. Una manada de pájaros se elevó de la pirámide como la magna de un volcán en todas direcciones.

–Cuidado, Randall –gritó Sienna mientras el piloto continuaba tratando de controlar el estropeado aparato.

Pero era demasiado tarde. Se oyó un ruido, algo había golpeado las hélices y el helicóptero se movió de un lado a otro; al mismo tiempo, la cabina se llenó de olor a humo.

Sienna ayudó a Randall con los controles en un intento por hacerse con el aparato, pero no sirvió de nada.

–Nos vamos a caer –gritó Randall–. No vamos a conseguir volver a la isla.

Sienna ya estaba pidiendo socorro por radio.

–Ve hacia la roca –dijo, y el piloto la miró como si se hubiera vuelto loca–. He visto una pequeña cala ahí, hacia ese lado.

La había visto desde el barco. Era el único lugar posible donde podían realizar un aterrizaje de emergencia.

Durante unos segundos, Sienna creyó que lo lograrían entre los dos… Hasta que otro pájaro chocó contra ellos, penetrando la cabina como un misil, estallando en sangre al estrellarse contra el piloto.

–¡Randall! –gritó Sienna.

Randall cayó sobre los controles cubierto de sangre y plumas.

Sienna lo empujó hacia atrás mientras trataba de hacerse con los controles del aparato, la roca cada vez más cerca.

Y por fin lo vio, el pequeño espacio de arena, apenas visible en la oscuridad, mientras luchaba con los controles del fallido helicóptero y trataba de evitar estrellarse contra la roca.

Rafe aún estaba echando humo, cerca de la habitación de Sienna, esperando a que regresara, cuando Sebastiano apareció.

–Príncipe Raphael…

–Ahora no.

Rafe no quería hablar, no hasta aclarar la situación con ella.

–Es necesario que…

–¿Es que no me ha oído? ¡He dicho que ahora no!

–Se trata de la señorita Wainwright.

–¿Qué pasa?

–La han visto marcharse en el helicóptero, el que ha traído a la princesa Marietta.

Rafe miró por las ventanas, vio cómo el viento sacudía salvajemente las copas de los árboles y oyó sus rugidos.

–¿Que se ha ido con este tiempo? ¿Por qué no se lo ha impedido nadie?

Sebastiano cruzó las manos y bajó la cabeza.

–Eso no es todo. Al parecer, han hecho una llamada de socorro desde el helicóptero… Un fallo eléctrico y… también han chocado contra una manada de pájaros.

Rafe se quedó sin respiración.

–¿A qué distancia estaban de la isla?

–Se ha avisado a la guardia costera, aunque con este tiempo…

–¿A qué distancia?

Sebastiano titubeó antes de responder:

–Alrededor de la Pirámide de Iseo.

A Rafe se le heló la sangre. Él la había echado. Le había dicho que se marchara. ¿Por qué le había llevado tanto tiempo reconocer lo evidente? Quería a esa mujer, la amaba… La amaba.

Y la quería de vuelta a su lado.

Capítulo 14

A RAFE le costó todo tipo de esfuerzos y promesas de que la Bestia de Iseo era un mito para convencer a la guardia costera, pero por fin lo logró y fue con ellos.

La lluvia le golpeó la cara y su pelo debía de estar más mojado que el mismísimo mar, pero no sentía nada. Nada, a excepción de ese vacío en lo más profundo de su ser.

¡Debía de haber estado loco para echarla!

Para echar a su amor.

Desde el barco, Rafe buscó con la mirada en la roca una señal del humo que se había visto en la distancia. Que hubiera habido humo significaba que el helicóptero estaba en alguna parte, que no se lo había tragado el mar. Y si el helicóptero estaba allí, también Sienna.

La encontraría. Tenía que encontrarla.

La lancha rodeó la roca, sus faros iluminando en la medida de lo posible en la oscuridad. Todos los tripulantes estaban concentrados en no estrellarse contra las rocas mientras buscaban el rastro del aparato.

Por fin, vieron un brillo blanquecino y alguien gritó y echaron una Zodiac por la borda.

–Yo también voy –dijo Rafe.

Sienna sintió frío.

Intentó moverse, pero algo la tenía sujeta al asiento, algo que gemía y que la despertó, cuando lo único que quería era dormir. Y esa cosa volvió a gemir… un gemido vagamente humano.

¡Randall!

Randall estaba recostado en ella y fue entonces cuando Sienna cobró consciencia de donde estaba. El helicóptero había caído en la Pirámide de Iseo.

Ella había hecho aterrizar el helicóptero en aquella maldita roca. ¡Pero estaban vivos! Al menos, por el momento… hasta que la Bestia los encontrara.

Extendió un brazo para agarrar la radio, pero el agudo dolor de la muñeca le hizo retirarlo, sumiéndola de nuevo en la inconsciencia.

Poco a poco, la Zodiac logró llegar a la diminuta cala. A Rafe le había parecido una eternidad.

Y ahora que estaban allí, ¿era demasiado tarde?

Alcanzó la puerta del copiloto del aparato un segundo antes del hombre que iba detrás de él. Tiró de ella con todas sus fuerzas y la abrió.

Y ahí estaba ella. Durmiendo.

¡Durmiendo!

–¡Sienna!

Sienna abrió los ojos delante de la luz de la antorcha, y Rafe soltó el aire que había estado conteniendo en los pulmones. Ella lo miró confusa.

–Sabía que la Bestia vendría –murmuró Sienna antes de volver a quedarse inconsciente.

Un médico apartó a Rafe para asistir a Sienna mientras otro fue a atender al piloto.

Rafe se alejó para dejarles hacer su trabajo.

Sí, si alguien se merecía el título de Bestia de Iseo, era él.

Era peligroso para todos trasladar a Sienna y al piloto esa noche; pero después de asegurarse de que ninguno de los dos había sufrido daño en la columna vertebral y después de vendar la muñeca de Sienna, prepararon una tienda de campaña para que pasaran allí la noche.

Sienna estaba dentro de la tienda en una camilla, con Rafe a su lado acariciándole el cabello.

En mitad de la noche, el viento empezó a disminuir y la tormenta fue disipándose, y Sienna se despertó.

–Estás aquí –murmuró.

–¿Dónde si no iba a estar?

–Pero las rocas… Estás loco. ¿Has venido pasando entre todas esas rocas?

–He venido a por ti. ¿Crees que unas rocas iban a impedírmelo?

–No lo sé. Pero no esperaba que nadie viniera en una noche así. Supongo que tengo que darte las gracias por ello. Supongo que has tenido que decirles que la vida de los futuros herederos de Montvelatte estaba en peligro.

Rafe le alzó la mano no accidentada y se la llevó a los labios.

–No. Les he dicho que la joya de la corona de Montvelatte estaba en peligro y que si no te encontraba sacrificaría a todos los habitantes de la isla y se los echaría a la Bestia para que se los comiera.

–¿Les has dicho eso?

–Sí.

–¿Por qué?

–Porque, después de que te marcharas, me he dado cuenta de que hay cosas más importantes que evitar el amor. Y cuando me dijeron que el helicóptero había sufrido un accidente y que tú estabas en el helicóptero… tenía miedo de no poder decírtelo nunca.

–¿Decirme qué?

–Que te amo, Sienna –Rafe le sonrió–. Y siento mucho todo lo que te he hecho sufrir, todas las decisiones que he tomado sin tenerte en cuenta.

–¿Lo sientes todo?

–Sí –admitió él–. Y siento mucho haber tardado tanto en darme cuenta de que te quiero. Pensándolo bien, incluso en París me disgustó mucho que los acontecimientos en Montvelatte me impidieran volver a verte.

–¿En serio? Yo creía que lo único que te importaba eran los mellizos.

Rafe sonrió.

–Eran la excusa, y era una buena excusa. Siento mucho haber tardado tanto en reconocerlo y haberte hecho pasar lo que te he hecho pasar.

–No ha sido tan terrible.

–Por cierto, el piloto ha dicho que le has salvado la vida. Y, después de pensarlo, he llegado a la conclusión de que Montvelatte necesita un piloto de helicóptero.

–Pero si ni siquiera tenéis un helicóptero.

–No, pero lo vamos a tener. Y necesito un piloto. Así que, si no estás demasiado ocupada...

Sienna sonrió.

–Acepto el puesto.

–Estupendo. Y tengo otro favor que pedirte, a pesar de que sé que no tengo derecho a pedírtelo.

–¿Qué?

–Me gustaría pedirte que compartieras mi vida por siempre jamás. ¿Quieres casarte conmigo, Sienna?

Sienna parpadeó.

–¿Me lo estás pidiendo?

–Te lo estoy rogando. Y si no quieres casarte, también lo aceptaré; siempre y cuando me prometas vivir conmigo durante el resto de nuestras vidas.

–Pero si no nos casáramos nuestros hijos serían ilegítimos.

–Me da igual –dijo Rafe–. A mí no me ha ido tan mal. Lo que sea, con tal de tenerte a mi lado.

Entonces, Rafe la besó y Sienna se dio cuenta de que toda la vida no sería suficiente.

Epílogo

LA LUZ del sol se filtraba por las cristaleras, iluminando a los congregados. La música del órgano resonaba en la catedral y el aroma de las flores impregnaba el aire cuando un niño y una niña comenzaron a recorrer el pasillo hacia el altar.

Sienna esperaba.

Marietta le lanzó una sonrisa y le estrechó la mano antes de disponerse a dirigirse al altar en el que el príncipe Raphael de Montvelatte, su Rafe, la estaba esperando.

Por fin, al cabo de unos minutos, Sienna se reunió con él delante del altar.

Con los ojos del mundo entero centrados en ellos, hicieron sus votos matrimoniales.

–Te amo –murmuró él antes de darle el beso nupcial que sellaría su vida juntos.

Y mientras él profundizaba el beso, dejando encantada a la congregación, Sienna se dio cuenta de que era verdad que la Bestia de Iseo había sido domesticada por fin.